郝薇 著

葡萄成熟時

As The Grapes Ripen

A shadow of cloud on the stream.

Changes minute by minute.

A Terrible Beauty is born.

推薦序　張修蓉

榕榕的花園——寫在郝薇新書《葡萄成熟時》出版前

每個女人心中都有一座美麗的花園，有的廣闊壯麗有如法國凡爾賽宮花園，有的神祕優雅如西班牙格拉那達阿拉伯皇宮花園，有的巧奪天工如加拿大的布查花園，有的隨心所欲的打造了屬於自己的天堂花園，例如蘇州的拙政園……。每個聰慧絕頂的女人，她的一生都在追求理想、幸福，進而打造了一座專屬自己的王國與花園。這在二十一世紀男女平權的時代，不再是夢想，我親眼見到一位朋友追尋她人生理想的目標臻於完美的境界，那位朋友就是郝薇女士，筆名「榕榕」。

認識榕榕是先拜讀她的短篇小說、中篇小說開始，那時我正在政大中文研究所攻讀中文博士，基於家庭經濟需要（撫育兒女），所以擔任《聯合報》在美國發行的《世界日報》副刊編輯工作。每天要將來自海外的小說稿閱讀、挑選、修飾、編排，然後送交製版。在來自歐美、加拿大、東南亞各地的眾多作品中，我發現了兩位了不起的女作家，一位是筆名「子詩」的美國華裔女作家，另一位則是筆名「榕榕」的女作家，她的文筆充滿靈秀之氣，敘事生動，浪漫熱情，故事與文字之熱能吸引著讀者有非讀完不能釋卷的魅力。具有這種文字魅力的作家，並不多見，尤其是年輕女作家。

那年，我也尚算年輕，三十六歲而已。我深深的被這位女作家所感動、吸引，不斷的與她聯繫，分享著彼此的心得與喜悅，鼓勵她再接再厲，繼續創作。我倆的結緣自彼時開始，先是筆友，後來發展成終生的好友，真是始料未及啊！

我離開編輯工作後，榕榕仍然與我書信、賀卡不斷的往返。她的家庭生活、子女教育、事業發展、感情世界均一一敘述，不吝與我分享。我們竟成為知己好友，三十多年前當他們全家來臺與我們一家相見時，我們似乎絲毫沒有陌生感，每回相擁，都不禁熱淚盈眶。她說留學生最苦難的時光裡幸有我欣賞她的文章，微薄的稿費往往給她莫大的助益，她來看我是為了報恩。這真是我倆重情感的結緣因果。

數十年間，我們曾有無數次的相聚，我們家總以貴賓規格款待她，她的饋贈也不斷地推陳出新。她的事業愈來愈成功，單親母親但將一對兒女教養得出類拔萃，且謙虛有禮，毫無旅美第二代的驕縱之氣，榕榕這點真是成功！

榕榕不僅外貌秀麗，而且口才辯言一流，能力超強，具有豐富的知識與多樣才華。她既具備商業投資的敏銳頭腦，又能立刻付諸行動，把所學的知識轉為行動的力量，精準的眼光與靈活的頭腦，使她雖遇過人生挫折，卻又屢次東山再起，愈戰愈勇，真看不出眼前這位嬌媚的女人，卻是一位白手起家的華裔女企業家兼作家！

在她美麗嫵媚的外表下，藏著一顆善良仁慈，充滿悲天憫人的心，每次的深談中都流露出她對朋友、對家國的思戀，很少有理性那麼堅強，而感性卻又如此豐富的人，這一點又是榕榕性格中的特色。

她旅遊世界各地時，都會寄風景名信片給我，在威尼斯、在巴黎、在西班牙……，無論她在哪裡，都會想到我，這種友情，怎不教人感動！

十餘年前，我女張婕即將自紐約哥倫比亞大學取得音樂教育博士學位，那年暑假女兒堅持要我去紐約住兩個月。榕榕得知我人在紐約，她的女兒小慧正在學法律，又與一位心臟科醫師訂婚不久，所以立刻從加州趕來與我們相見。那幾天她接我去旅館住，帶我逛紐約大街小巷，請我吃各種美食，小慧也以最高檔的日式料理宴請我們；最難忘的是榕榕女兒的親家母、準女婿也邀請我們母女去他們的紐約豪宅作客。他們的家建築極美，占地幾畝，請來樂團演奏，這家族都是知名學者與醫生、醫院院長，堪稱美國貴族，但是卻對我們非常熱情款待，其餘客人也樂在其中。我女兒在陳設高雅的客廳以及戶外大樹下演奏鋼琴與電子琴，贏得不少掌聲，至今記憶猶深。這是榕榕知恩必報的方式，我敬佩、我讚嘆！

我去年出版我的第八本作品——散文集《想種一株花樹》、第九本作品——遊記《銀色遊蹤》期間，巧逢榕榕自美返國，她知道我正要出版新書，二話不說，立刻為我連夜趕寫序文。我的書終於在去年年底出版了，《銀色遊蹤》前面有榕榕的推薦序——〈另一種風範的遊記〉，題目下是她的本名——郝薇。她的文字依然魅力無窮，具有深沉的見解與獨到的智慧，當然，她對我的友情與大愛將永遠存於我的書中。

今年，欣逢好友即將出版她的新小說，我雖尚未拜讀新書原稿，但是相信她的人生歷練、絕頂的才華、熱情的心靈、豐富的學識，都將在此書一一呈現，讀者們展讀此書，會發現一位極具才華的女性作家，像天上的一顆新星，閃耀著明亮的光彩，在寂靜的夜空中散發出特異的美麗與詩意。

如果您想造訪一座美麗的花園，那麼請您光臨這位女作家的心靈花園——「榕榕的花園」吧！

張修蓉

國立臺北商業大學退休教授。臺灣第一位文學博士，陳立夫大弟子，美國《世界日報》小說版編緝，曾任政大、文化大學、國立臺北商業大學教授。

推薦序　張百枝

文武雙全的女性典範

我與我先生由香港華南三育書院到美國（我是教務主任，先生是總務主任）。這一生很榮幸地認識了這位知名廣識的作家及精明能幹的企業家，幾十年來我與郝薇多次合作商業事項，目睹過世事的變化及一起感受過人生每一段的起伏過程，尤其我的丈夫也曾在她的旗下事業工作多年，因為他們均熱愛及深入研究中國歷史文學及文化，她成了我們家多年來的知己摯友，人生能找到一位知音真不易，不就是幸福嗎！

她出身於軍人世家，是書香子弟，她是位有情有義的作家，也是一位傑出的母親。

剛認識她時，印象非常深刻，一位年輕漂亮的時尚企業家，在培訓一般的年輕員工，一個亞洲女性在美國卻有呼風喚雨的能力，看著她智慧過人，果斷敏捷而又有周遊列國的經歷，瀟灑的人生，令多少人羨慕不已呀！

在商場上她是位廣見世面、勇於面對一切困難、耐勞耐煩的企業家；在寫作上，她對每個國家的歷史盛衰有深入的研究與分析了解，真的是文武雙全，令人欽佩哩！

她雖有極多發表在《世界日報》的小說及散文作品，但是從沒有時間出版自己的書，這是第一次出書，而且逾十萬字，我相信一定有極豐富的內容，我是真心的期待讀它。

張百枝
目前為加州中文學校校長。

Chapter I

武梅子（Julia）、劉美（May）及廖晉弟（Dee）三個好友高站在羅馬的西班牙階梯（Spanish steps）歡度她們四十歲的生日，她們同年出生並不同月同日，但命運卻將她們緊扣在一起。

Julia的父親是臺灣臺北商業區的一個警衛，收入有限，Julia從沒有期望任何生活奢華的享受，包括每日中午的便當。高中三年她成為美最好的朋友，美的父親是八號分機的首長，美的午餐盒連繫著Julia和美友情的恩與愛。十七歲的美有圓潤的身子，滿臉的青春痘，她不是個容易自卑的女孩，她直言自己的體型是因為家中偉大的廚子，油炸的甜點是美的最愛，每日中午，美的廚子總是準時開車到美及其弟弟的學校送便當與水果。高中的女校有百分之九十的同學會自己帶便當到學校廚房溫熱，Julia最恨中午時刻，排隊去蒸便當，再排隊領便當。Julia的便當從不用去溫熱，因為Julia的母親只能在便當中放二個米糰、二塊豆腐、一個滷蛋及幾塊酸菜。

美是第一個注意到Julia總是一個人到操場旁大樹下默默吃著自己的午餐，於是她仁慈的來到大樹下，把自己的餐盒在草地上攤開，溫柔的說：「梅子，我喜歡樹下吃飯的感覺。」Julia見到大鐵盒內有兩塊雞腿、紅燒牛肉加上三個肉包子，另有小竹籃中有香蕉及橘子，如此豐盛的午餐，Julia 終於放下自尊，嘗到青春期的美好食物，Julia 心中極珍惜美的友誼。

Julia 的父親是蔣政府的上校營長，在戰爭中重傷，莫名其妙的在一間大醫院醒來，雙肩、胸口、雙腿麻痛，他掙扎的睜開雙眼，無法了解醫院中匆忙的人來人往所說的語言，但，很快的，他清楚知道那是日語。突然一張溫柔的臉龐進入上校的視線，一雙美麗褐色的眼眸，有如蒙娜麗莎的笑容在嘴角，上校看到她手上的紙牌以中文寫著：「上校，我是護士，這是日本早稻田醫院。您的肩、背、胸及腿有子彈穿入，如今，所有的子彈已取出，請勿試著起身，否則會發炎。」上校大喊起來：「我的身上子彈是被日本人炸的，日本人是我的敵人，我寧死，也不需要你們的醫療……」他試著坐起身，並粗魯撥開眼前的中文紙板，一個日本男護士由角落衝過來將上校推回病床上：「上校，您必須安靜下來，戰爭已經結束，我們不再是敵人！」這個男護士用半生不熟的中文試圖解釋，上校正想再爭辯時，由另外一個角落傳來純正的中文：「營長，您終於醒了？您已昏睡了近三個星期，流了大量的血，危險期剛過。我們不是戰俘，蔣政府正要遷到臺灣，我們傷好了以後就可以回臺灣了。」上校不解的問：「回臺灣？」「是的，我們可以回臺灣，有少數的士兵想家，可以選擇回中國大陸的。」

八個月以後，上校回到了臺灣，帶著懷孕不會中文的日本護士妻子，蔣總統並沒有心情把這個跛腳的營長事蹟放在心上，他的政府正全心全意與臺灣人溝通，很快的開始了八二三事件，那是臺灣人與外省人（蔣政府）的鬥爭，當時背景由於：一、臺灣人失去國籍五十年，由日本政府以二等公民待之而受辱，衷心歡迎蔣軍來臺，當迎接主任委員團到了基隆海港（臺北北方）迎接時嚇呆了，這群被毛澤東逐出大陸的士兵，身穿棉襖、手提雨傘、草鞋、背著水壺和有如戲團的行李箱，這種狼狽的蔣軍團瓦解了臺灣人的自尊及期望，衝突自然而然的產生了；二、日本政府在臺灣五十年訓練了一批流氓壞角色，他們扮演破壞外省人（由大陸來臺的人）及臺灣人的情感，臺灣百姓尚未與外省人溝通前即引起了爆動；三、日本人將監牢的流氓放了出來，流氓到處滋事，蔣政府失控的發現流氓有大量武器藏在深山中，這些亂黨居然攻進國軍紅毛埤軍火庫，搶走軍械、彈藥，使蔣政府面臨大敵，連三軍總司令彭孟緝都出來指揮，而彭總司令竟遭到流氓分子襲擊。

當Julia的父親回到臺灣，他深深了解到自己不可能晉升將軍了，將軍的夢已滅，而他的軍長上司已由少將連升二級成為上將，他給跛腳的營長徵到一份工作，一個大型商業大樓的警衛，父親極為感謝。Julia的哥哥出生時，軍長大人包了一個大紅包。母親悲傷泣淚，因為當初她隨著丈夫來臺灣時，她的父親宣誓沒有這個女兒，雖然外祖母安排了九箱的行李隨母親到臺灣，包括日本名畫、古董、鹿皮及羊皮外皮大衣及和服，更重要的是綁在母親身上的金條沒被船上警察查到；但這大量的行李並未增加母親的信心，她小心的愛著那跛腳的丈夫，丈夫身上的子彈，由日本醫生放入她手中，她用絲帶綁在一個祕密的鐵盒子中，到了臺灣，她將兩個大鐵盒埋在屋後水泥地底，一盒是她母親給的金條，另一盒是從丈夫身上取出的子彈。

Julia的母親深知丈夫是如何深愛他思鄉的士兵們，大部分的士兵受過傷，沒有高深的學歷，Julia的父親決不趕走任何一個前來討晚餐或中餐的士兵，Julia的母親永遠有糯米飯及包子給他們進食。母親拖了幾個年頭才又懷了Julia，在Julia的生命中，家中士兵的伙食比自己與哥哥中午的便當還要好，雖父親心疼Julia及哥哥的營養，但母親說夠飽就好，不能貪食，貪食？Julia記起十三歲那年，外祖父過世一年了，外祖母病重，想要見外孫Julia等三兄妹，他們去了日本，那是Julia美好的回憶：有手指數不完的食物及甜點，並經歷了一個夏季慶典，慶典為期三天卻延至了幾乎一個星期，一開始有百名服飾極為鮮豔的男女組成舞蹈團，緊跟著綿延的十八臺山車，由下午至黃昏，極為熱鬧；車伕們因喝了祝賀酒，拉山車時粗魯的在城中橫衝直撞，舅舅一直扶著Julia及表妹，哥哥和弟弟還失蹤了幾小時，幸好最後他們毫髮無傷的回到外祖母家。

回臺灣的前一天，Julia一個人興奮的早起散步，幻想自己是《簡愛》中女主角（那是Julia第一本閱讀的外國小說）。外祖母家是如此美好，寶藍色的屋瓦深藏在楓樹及櫻花樹中，後院幾步路外有條小河，寬只有七呎，卻如一條淡綠色的串珠；屋外東南方不遠處，有座小山丘，小丘深處流水有幾道水系，小河便是其中之一。

回到臺灣，由母親口中得知，雖然河水翠綠，但是外祖父不允許女孩子在河中洗臉，日本女孩只能在自己家中用井水洗臉，Julia 懷疑如此滑稽的禮節，她問母親：「家中沒有井的話怎麼辦？」母親說：「我有些女同學到河中浣水在水桶中帶回家洗臉或煮熱水洗澡。」Julia 俏皮的臉仰起：「我喜歡臺灣的自來水。」母親將 Julia 摟入懷中流淚了，Julia 莫名的看著母親，母親紅著眼說：「外祖母很勇敢，雖得癌症，但還是拖到外祖父去世以後，一直到她堅持看到你們三個外孫。當妳踏上回臺灣船的那一刻，妳親愛的外祖母閉上了眼睛滿足微笑的走了，她真勇敢！」Julia 撲進了母親的懷抱放聲大哭了，她永遠不會忘記外祖母倚在日本屋窗邊偷瞧 Julia 摘櫻花的表情，那份凝視彷彿一生一世。Julia 知道母親流著外祖母勇敢的血液，勇敢的母親活在一個陌生的國度裡，默默的奉獻她的愛給她的敵人，也是父親深愛的兵士們，那是何等情懷！Julia 不再抱怨自己便當中的酸菜及滷蛋。

高中三年，Julia 認識了她生命中緊扣的兩個好朋友——劉美和廖晉弟；美與晉弟的相識是經由 Julia 的介紹。

晉弟是獨生女，住在迪化街，父母經營肉店。迪化街是一個有臺灣文化的商場，中藥店、米商、肉商……，豆子店有各種顏色的豆子，大部分的豆子是生的，米店有各種顏色的米，中藥店的中藥是包括牛角、鹿角、各種動物身上可以做成中藥的材料，最大的氣味莫過於肉店，這種店中有著油鹽、糖，晉弟家中整排牆上掛著各種火腿、牛肉乾、五香乾、豬肉乾、牛肉乾、肉鬆、魚鬆。晉弟在十五歲與父親爭吵過，因為每樣外銷及內銷是六個月出一次爐，父親在肉品中摻入防腐劑，那是不道德的，每當晉弟質疑，父親那五呎高的身子就會突然爆跳二呎高的大吼：「閉嘴！」晉弟閉嘴了，她了解自古以來中國就用此種方法保存食物，尤其在寒冬的城市溫度零下，用防腐劑使其乾冷可食用半年之久（父親從不提因為那時沒有冰箱）。晉弟的父親不信、也不尊重臺灣一些西醫，家人生病了，父親就到鄰居中藥舖買些中藥又煮又泡的，奇怪的是那些神祕的中藥材料總將家人的病治癒了；晉弟對中藥是尊敬又迴避，此種中國中藥及生活方式，就像中國歷史般的令晉弟又苦又痛，有著極大的悲哀及無奈。

高中最後一年，十七歲的 Julia 已開始面對世界上巨大的殘酷生活。Julia 的母親沒有因為一貧如洗的生活放棄傳統禮法，為了保證 Julia 長大有雙修長的腿，她堅持將剛出生的 Julia 的雙腿用麻布綁了兩個月，那兩個月，因為嚎啕大哭，增長了 Julia 的肺活量。十七歲時，早上睜眼即是一場小戰爭，Julia 與兄弟共用一個浴室（另一個浴室是屬於父母的），在黑暗的鬧鐘中驚醒，衝到洗手間，弟弟已在裡面，衝到父母的浴室，可憐的父親已拐著腳去上班了，Julia 盥洗後急忙走出洗手間，母親溫柔的坐在床邊等著她，手中握著一捲白麻布，Julia 曾懷疑由日本到臺灣時，當過護士的母親有多少箱白麻布可用？自從知道母親在自己出生幾個月用麻布捆綁自己雙腿的故事，Julia 就恨透了白麻布，她大聲對母親說：「我今天有期中考，我要馬上去學校！」母親說：「妳已快十八歲了，跑起來胸部總是上下跳動，家中有父親及兩個兄弟，還有太多的士兵叔伯來訪，非常不雅觀，先用麻布綁上，過幾天母親有時間再為妳縫製胸罩。」Julia 總是在母親溫柔的企求下投降了，一圈圈的白麻布綁在微痛的胸部上，使她幾乎不能呼吸了。那次期中考 Julia 第一次拿了兩個B，這使 Julia 極為惱火，因為 Julia 立志要考上臺大的法學院，那是幾十萬考生而只收幾百名名額的戰場。

美的母親是個仁慈高貴的婦人，茶色的眼鏡中有著深奧的智慧，美的弟弟像母親，細瘦又高，美卻像父親，有圓渾的肩和臉蛋；美的母親花極多的心思在美的身上，各種顏色的洋裝及毛衣全是委託行（大部分在基隆港及中山北路的外國貨）買的，Julia 常由美手中接到二手貨洋裝穿去高中的舞會。美幾乎由高一開始，每個週末都參加舞會，當然她總是邀請 Julia，可是 Julia 有些神經質，總縮在圖書館查資料，高中三年一千多個日子只參加了三次舞會。高中的舞會一般都在學生的家中舉行，經過父母批准；學生分兩邊站或坐，一邊女生，一邊男生，當音樂響起，男同學走到女同學那邊深深一鞠躬，邀請女同學共舞，舞會於焉開始。

Julia 第一次隨著美去參加的舞會是臺大經濟系的女朋友家辦的，她的父親在美軍顧問團工作，家中有英文唱片，她的哥哥是男主角，因為他已是成功大學物理系的優秀生，極為神氣，有著上油的黑髮，美說是飛機頭。他第一個走到 Julia 的前面，淺淺的一鞠躬，Julia 不自然的站起來，一首熟悉的英文歌開始了那晚的舞會，「妳是小維的同學？經濟系？」「不，我是她同學的朋友，我只是高三，今年要參加大專聯考。」「有沒有想到報考成功大學？」「我認為成大太遠了（臺灣南部）。」「那妳填那個學校？」「我只填臺灣大學。」男子盯著 Julia 好一會兒才說：「妳是我所碰到最驕傲的女孩。」

舞會後一星期，Julia 所讀的高中女校教官收到一封信，在臺灣的初中及高中都有教官，軍事教官監視學生的品性。有一天，教官要 Julia 下課後去教官室會談，Julia 驚慌了，她檢查自己，頭髮短直齊耳，大頭黑皮鞋及被母親燙的僵硬的綠制服，這一切整齊，In order，於是 Julia 自信的到了教官室，教官用令人厭惡的眼神盯著 Julia，幾分鐘後，教官開口了：「妳是高三八班的對嗎？」Julia 回答：「對。」「妳的名字是武梅子？」「對。」「妳認不認識一個叫丁世中的男同學？」「不認識。」教官停了一分鐘，將手中一封信給 Julia 看了信封，信封上的字極為工整，Julia 想伸手去拆信，教官急忙的由 Julia 手中搶回那封信，說：「我會通知妳父母！」Julia 的父親到學校拿了信燒了，但是 Julia 還是被學校記了一個大過，三個大過在教官名單上的是無法畢業的，感謝上帝，三個月以後，Julia 高中畢業了。

學校舉辦南部畢業旅行，Julia 的母親在三個月以前已繳了費用，可是這一個大過使父親強迫取消了Julia的畢業旅行，Julia成了全校唯一缺席的畢業生，Julia恨父親的封建，更恨那個軍裝老是半黃半綠的教官。

Julia沒有參加畢業旅行，被父親逼進了補習班，這種暑期補習班擠滿了要聯考的學生，大家都在做最後的衝刺，Julia要補的是化學、物理，它們在大專聯考中占極大極高的比重，但是Julia對補習班的感覺是厭煩的，因為大部分學生似乎智商有問題，上課常重覆問一些教師剛解釋過的問題，下課時卻又將精力花在無聊的吃喝玩樂的約會中。

兩個禮拜後是大專聯考的日子，Julia父親在商業大廈中受傷了，Julia與母親輪流在醫院照顧父親。那是一個熱風熱雨的初夏午後，Julia坐在父親熟睡的病房中，正在翻一本字典，一個西裝筆挺的白髮中年人走進病房，他的氣質優雅，有一雙濃眉，Julia站了起來，「妳就是梅子？」「是的。」Julia的回答驚醒了父親，父親幾乎由床上躍起：「軍長。」杜軍長微笑用手扶了父親的肩，他示意父親躺下。

「梅子，快給軍長鞠躬，他是父親的軍長……」Julia的書掉落在地上，可還是恭恭敬敬的鞠躬了，那是一個難忘的下午，軍長模糊的介紹父親的戰績及勇敢事蹟，三十幾師營是七十幾軍的團？父親是那軍團的營長，父親受傷在日本醫院獲救以及後來能回到臺灣，全承杜軍長的恩惠，父親要Julia記住杜軍長是Julia一生要報答的恩人，恩人？Julia心中有些悶氣，為何父親受傷且全身都是子彈，卻因此被拒再回軍職？羅斯福總統坐在輪椅上能當總統，父親尚未坐上輪椅，而且他曾將生命獻給了國家，可是蔣政府卻輕視他的功勞及犧牲？為什麼這個軍長沒有受傷卻帶著整營軍官的功勞成績回到了臺灣，且升了上將，蔣政府頒發了獨棟二層洋房並享有吉普車及勤務兵？這就是蔣政府的軍事管理邏輯？而傷痛受辱的父親生活陷入最深的歷鍊，一個不會說中文的妻子在軍眷區受人指指點點，雖Julia及兄弟學習了些許日文，但是Julia的父親，一個家庭的棟梁被戰爭炸傷了他健康的身子，不可能成為將軍了，這使父親個性更加沉默。Julia擔心著父親工作危險性，因臺灣有著幾個幫派，父親是個警衛，沒有配戴手槍，一根長棍子及BB槍是父親唯一的武器。

「梅子大學聯考的學校填了嗎？是什麼系？妳的志願是什麼？」杜軍長的問話將Julia思維拉回到現實，Julia尚在整理自己的思緒，父親已驕傲的開口了：「梅子只選了一個學校是她志願，臺灣大學，最期望是法律系，第二期望是工商管理。」軍長聽了以後將眉毛揚了起來：「哇！怎麼這麼有自信！有一百多個大學，有幾十萬考生競爭，別讓小梅因驕傲而失去上大學的機會，應多填一些學校……」父親沉默了，Julia抬高了聲音回答：「杜伯伯，不是父親的選擇，是我的選擇，我理解有近百間的大學，但是近百分之七十的大學是私立的，父親薪水不高，如今又受傷，我選的臺灣大學是公立的，幾乎不用學費，只有書費……」

杜軍長由椅子上站了起來，看著窗外的熱雨，突然轉身，似乎做了一個極不易的天大決定：「營長，不用操心梅子大學費用，她如果進私立學校我也會為她出學費的。」Julia的父親幾乎要從病床上跳起來，並支支吾吾的感謝：「軍長，您已是我的恩人，不能再加任何恩惠了。」「兄弟，好好養病，我會安排這三軍總醫院住院之事，全免費。」父親強迫 Julia 向軍長跪下一鞠躬，杜軍長才大恩大德的走出 Julia 父親的病房。

武梅子被臺灣大學錄取了，且是第一志願臺大法學院，美也進入了臺大經濟系，另一個好友晉弟進了臺大醫學院。三個高中好同學約好在臺大農學院吃冰淇淋，農學院有學生自製的最可口的冰淇淋；在臺灣大學綠油油的橡樹中，三個有夢的女孩極為欣慰滿足，生命中不再有軍裝教官的監視，可以自由參加舞會，晉弟用不屑的口氣向美挑戰：「美，為什麼妳那麼喜歡上舞會？為了找男朋友？」美的冰淇淋幾乎滑下，她張大眼睛大聲的對晉弟說：「妳不參加舞會，不會知道其中樂趣，找男朋友只是妳的幻想，以妳的身高去到舞會也不會有人請妳跳舞。」「美，不可以如此傷晉弟……」「梅子，不用擔心，我沒受傷，我的身高只是證明我是我父親的女兒，我非常驕傲。」「晉弟，別自誇，妳父親並不在這裡對妳的讚美鼓掌……」Julia 忍不住對美大聲制止：「美，妳該閉嘴了！」剎那，三個人都沉默了。晉弟只有五呎的身材並不自卑，但是美一再的捉弄已傷了她們的友情，晉弟從未喜歡美，一個自傲被寵壞的女孩子，她不理解為什麼 Julia 會喜歡美？

Julia沒有像美及晉弟一樣住進女生宿舍，因為父親受傷了，家中經濟不允許，不過Julia用一個不是理由的理由說家中反對是因為家住臺北，而臺灣大學也在臺北，這個理由說完後才發覺它有多糟，因為美及晉弟的家也在臺北。

Julia進入法學院，家裡並沒有像當時哥哥考入理工學院時大放鞭炮祝賀，因父親尚在醫院。那是法學院第一年期末考完時，Julia騎著腳踏車由校中回到家，見到幾部腳踏車停在家門外，還有一部三輪車也等在Julia家門口，Julia心想一定有軍人叔叔及伯伯們來串門子，或那位要結婚了來請父親做主婚人。Julia喜歡他們來拜訪，因為他們總是談論父親過去神氣英勇的事蹟，他們所回憶的故事也使母親心情大悅而煮Julia喜歡的日本湯及壽司……。

客廳大燈極亮，Julia不了解白天的大廳為何亮燈？為什麼？尚未進到客廳，聽到母親幾乎要哭的聲音用結結巴巴的中文說：「真是對不起，我是羞愧的，我二個大孩子上大學費用極貴，我必須存出他們學費……」是巷口雜貨店的朱老闆，Julia每次去買醬油、糖等都簽字賒帳，然後母親每個月都會去結帳，朱老闆用粗大的聲音說：「我並不想逼妳，當李老闆今早提到妳已欠他二個月的帳單，我才緊張起來。」Julia衝進客廳，面對朱老闆、李老闆及另一位女老闆娘大聲保證：「各位老闆，不用再逼我母親，給我兩個星期，我會付清所有三位的帳單。」三位長輩互相呆望著、沉默著，朱老闆終於開口說：「好吧，武小姐已開口，她是法律系高材生，我們給二個月時間還帳單，但是，但是不能再欠帳購買食物了……」朱老闆一面說一面站了起來，三個老闆沉默，慢慢魚貫的走遠了。

關了大門，母親沒說一句話，淚流出了，Julia坐到母親身邊握住她蒼白顫抖的雙手：「母親，不用著急，我會去工作。」「不，絕不，妳必須要完成法律學位，不能失學。」「母親，我會完成學業，我可以白天工作而上夜間法學院。」母親第二天去見李阿姨，賣了她最心愛的鹿皮大衣及兩套和服。

這件事第三天後，當Julia騎著腳踏車由學校回家，得知母親變賣鹿皮大衣及和服之事，她關上了房門躺在自己床上，Julia不敢想像家中經濟已變得如此糟？第一個理由當然是父親的兵士二十年來吃了上千次的免費晚餐及幾十個叔叔、伯伯們要繳聘金娶臺灣女人，父親扮演兵士們的大家長，而母親則是這些士兵們的銀行。

Julia回想起兩年前，她十五歲生日的前一天，母親盛裝的拉著Julia的手說：「小梅，明天是妳的生日，而妳弟弟柱子下個月滿十三歲，我必須給家中伙食增加一些營養。」母親在巷子口攔住一輛計程車：「請到迪化街。」「母親，妳是如何知道迪化街的？」「有幾次李阿姨帶我去買火腿及辦年貨，我愛上那條街，小時候，在日本也有這麼一條街像迪化街，外祖母總是牽我去補貨。」

計程車停下了，迪化街特有的味道衝入Julia的鼻口，味道真重，街道濕又暗，有些滑，又粘腳，街燈小氣的閃著，每家舖子內部極亮，母親牽著 Julia 的手小心翼翼的走入一家中型的肉舖前停住了腳，店東很熱情的走過來用日文說：「喔嗒依瑪斯（早安）！」母親驚訝的看著他。

老闆：「我知道妳是日本人，上次見過您。」母親沒有回答，整個人似乎尚停在呆想中，老闆接著用日文介紹：「我姓廖，從小隨父親往來日本，我們外銷日本肉乾、肉鬆、魚鬆及火腿……」母親沒有接話，廖老闆改為中文了：「我們廖家三代了，日本株式會社供養我們外銷三代了。」母親突然一鞠躬用日本人的回禮，Julia 對日文只能懂一半，Julia 及二個兄弟對自己的母親是日本人有著莫名的不安，住在眷區，Julia 聽過各種由中國本土而來的不同方言，尤其當眷村鄰居熱罵時更驚人，但是所有方言中沒有日文，Julia 及自己兄弟總是保持對軍眷鄰居一份距離，除了苗婆婆，她總是用她的湖南茄子燒肉末來交換母親的味噌湯及壽喜。

「請問您，廖老闆，您的火腿是多少錢一斤？一條火腿有幾斤？」母親又是一鞠躬的用中文問廖老闆，此時，一個微胖的女孩走了出來，她比 Julia 矮半個頭，廖老闆介紹女孩給 Julia 母女，Julia 一眼就喜歡這個女孩，她就是廖晉弟，一個智商高，反應快的女孩，她也是十五歲，晉弟的笑容融化了迪化街的味道。母親訂購了大量紅豆、黃豆、黑豆，Julia 最愛母親的紅豆及黃豆糕，更愛黑豆煮魚，母親又大量訂購了米類、白糖、冰糖，另有五條火腿，貨物過多，計程車裝不下，廖老闆將店鐵門拉下，開著小貨車載晉弟，跟在Julia母女計程車後面去Julia的家，那真是個愉快的一天。

可是那晚Julia的哥哥卻讓Julia的人生第一次嘗到什麼是憂愁，那晚Julia正拿著紅豆糕在屋中品嘗，哥哥進來了，用不悅的語氣說：「梅子，為了妳十五歲的生日，母親賣了幾幅外祖母家中的日本畫。」Julia放下手中的紅豆糕，哥哥又繼續說：「不要讓母親知道我們知道她賣畫，我是由一個書店老闆那聽到的。」Julia流淚了，她第一次了解大人的心事，自己彷彿不是十五歲而是五十歲了。

不行，Julia已過了十七歲，她由床上跳起來，Julia絕不能讓母親賣那件鹿皮大衣，鹿皮大衣是母親的最愛，那是日本外祖父年輕時參加北極探險隊在俄羅斯交界的喀拉半島（Kola Peninsula）北緯六十六度三十的北極圈以北的芬蘭買下給外祖母的訂情物，而外祖母傳給了母親，母親告訴過Julia這個美麗的故事，那件鹿皮大衣應該由母親傳給Julia，這是母系的傳家之寶，而如今要被那豐滿的李阿姨擁有？不行，Julia心中大喊。

她騎上腳踏車去見李阿姨，並將外祖父的故事說了一遍，李阿姨點著煙，由口中噴出煙圈，唇膏紅到牙齒上，她笑了：「小梅，如果這鹿皮大衣不值錢，我也不會付妳母親極高的價錢。」「阿姨，可否告訴我是多少錢？我會給妳一個借條，我在一年之內償還，另加利息。」李阿姨抓一下自己的大花旗袍，將身子坐正在舊皮沙發上，她將煙輕輕的在煙灰缸裡捻熄，不再說話，只是盯著 Julia 看著，Julia 被看得低下了頭，這是一個窒息的沉默。幾分鐘後，Julia 又想起借條的事，她又重覆了一遍，李阿姨慢慢的開口了：「小梅，這裡有兩件事使我頭痛，第一，我不是當舖；第二，就算妳讓我做了當舖生意，妳用什麼錢來還我？妳只不過是個學生，學生再強，也是沒有錢，我是如此心愛這鹿皮大衣，我會好好愛護它的。」「不，阿姨，妳房間的煙味會毀掉鹿皮大衣，至於您擔心錢，我白天會找份工作，學業會轉到夜間部，如果您還是不信我，我會向我兩個好朋友父親貸款，她們的父親都是有錢人……」

李阿姨盯著 Julia 的臉，身子搖動了一下笑了：「梅子，我真是羨慕妳母親生了一個這麼能幹的女兒，好，我要百分之十二加利息，三個月之內妳還我錢。」李阿姨站了起來：「梅子，我們一起去代書那簽字。」（當時臺灣尚未流行律師，代書在日本時代替百姓及臺灣文盲的人簽約還兼代跑法院去公證合約，要價公道）Julia 拿回鹿皮大衣回家的那晚上，母親高燒進醫院打點滴。

父親流淚了，這是 Julia 第一次看到父親流淚，他極愛母親，他溫柔的對母親說：「等妳病好了以後，我要求我的兵士們不再成天到家中吃免費食物。」母親無力的說：「小柱子要滿十三歲了，他每週至少要吃一客牛排，小梅腳踏車太舊了，老大還要付一年學費，他已有心愛的女孩，想在畢業後訂婚。」父親緊張的問：「樑子有女朋友了？是臺灣人還是外省人？」母親急喘了起來不停咳嗽，父親扶著母親的肩，細聲說：「別操心太多，我一定會找第二份工作。」Julia不願進病房，她的臉貼在病房外的窗上，冰冷的玻璃卻使Julia心中有陣陣暖意，她喜歡看到自己父母如此相愛，只有遺憾這種愛情並沒有給他們更多的好運，Julia默默發願她一定要帶給父母一些福氣。走出醫院，醫院外池的蓮花開放了，在污泥之中。

美除了身體有些微胖之外，在Julia的眼中是善良又聰明的，考上臺大經濟系是自己志願，更是父親最大的榮耀，美的弟弟對功課總是落後，父親送他去了軍校，美的父親認為送兒子入軍校也算自己愛了國。

美的父親是八號分機首長，家中有三隻德國牧羊犬（Germany Sheppead）。今晚，同同電氣公司的董事長躲入美的家中，在臺灣一般商業公司每到中國年會發給員工年終獎金（不是法律規定，這是一種臺灣的文化，一個佛教興盛的小島，老闆對員工表示感謝，在年底視公司盈利虧損而量，至少發上一個月至三個月的獎金），同同公司有二千名員工，公司整年虧損，連一個月的年終獎金也發不出來，幾百個員工到董事長家門口抗議，這種意外使同同公司董事長來不及辦出國動作，美的父親招待同同董事長在自己家中一週，並親自到同同公司安撫他的員工，他在會議中提出以加薪的理由而免去年終獎金，可是無法免去一個悲劇，公司一個小經理本欲將自己的年終獎金付兒子最後一年私立大學費用，為他羞愧自己對兒子食言時，經理選擇跳進淡水河，淡水河的灰暗哀傷記錄也成了臺灣人自殺的第一選擇。

Julia 用了幾近一個月的時間轉換到法律系夜間部，幸運的是系主任為她申請到獎學金，她換入了中興大學法律系夜間部，她心情常有悲哀，因為原本四年可以畢業的課如今要五年了。Julia 坐在家中後院發呆，這只有十五呎長寬八呎的後院，有 Julia 的童年，她常在有螢火蟲的夜晚，聽父親說著鬼故事，雙十節時，三個小板凳坐兩個 Julia 的兄弟，父親要訓話，那已聽過幾十遍的黃花崗七十二烈士故事及三民主義孫中山先生的重要；Julia 看到右邊母親心愛的桂花，桂花的美麗花蕊有如朵朵小黃及小白珍珠，香味純淨，沒有玫瑰的濃香，是母親做桂花酒釀的材料，也是 Julia 的最愛……此時，小弟柱子打開後院的門大叫：「姐姐，妳有同學來訪！」

Julia 回到客廳，是晉弟，她手提著金華火腿和一個藍花橡膠袋：「梅子，快過年了，我父親要我送這些禮物給妳家。」「晉弟，妳父親太客氣了，請來客廳坐下，來喝阿姨剛凍好的綠豆湯。」Julia 的母親一面說一面將晉弟手上食品及禮物鬆下拿到廚房。Julia 將晉弟拉到自己房間，才坐下，晉弟開口了：「梅子，我聽美說妳要轉夜間部，我心酸極了，我已告訴我父親妳家的狀況，父親給了我一個信封。」晉弟由外套拿出一個黃色的信封，晉弟將信封打開：「梅子，這是一萬元臺幣，夠妳付兩年的學費。」Julia 沒有馬上接過信封，眼簾閉了一下，她不知道自己是否要接受，自尊心的問題不復存在，而是如何面對這一萬元，晉弟將信封塞入Julia的手裡，Julia說：「晉弟，我轉夜間部不是為了學費而已，家中出事了。如果我接受這一萬元，我必須要寫上借據給妳父親，半年或最長一年會還給妳父親，我白天要找工作，那是不能改變的選擇。」「梅子，我父親交待我告訴妳這錢不用還。」「晉弟，我心已破碎，沒有自尊已夠悲哀，如果不寫借條，我個人的人品會有極大的挫折感，妳是我的好友，請了解我。」「梅子，不要上夜間部，求求妳，上了夜間部我將見不到妳了。」「晉弟，我白天工作，晚上去法學院上課，每個週末可以與妳及劉美相見。」一萬元使晉弟哭紅了臉，而Julia卻沒有流淚。

美在晉弟見Julia的第二天也送來父親的五千元，Julia寫下她一生中第三張借據。

Julia在圖書館製作她答應法律系的最後一張壁報，一個戴黑框眼鏡的男同學坐在她對面，Julia本來沒注意他，他手上有幾本書放在同張大桌上，可是一個鐘頭過去了，這位男同學並沒有看他的書，他一直安靜的看Julia忙碌在壁報中，Julia抬起了頭，他用眼神直盯著她並展出了一絲微笑，他開口了：「妳是武梅子，法律系的系花。」Julia不舒服的回道：「什麼樣的系花？法律系只有百分之十的女生？」「妳可能不知道，整個法律學院的男同學選了妳……」Julia 嘴角撇了一下，覺得無聊沒有興趣談這個話題，於是轉移話題說：「你是法律系的？」「是的，我是杜龍生，四年級，今年要畢業了。」「恭喜你，我才一年級，還有幾年去拼！」「妳不用拼，妳的優秀及壁報已讓大部分的教授注意到妳……」「謝謝，你的誇獎卻不能減少任何學科的學分，更何況，我過了夏天要轉到夜間部，那將使我多修一年學分才能畢業。」「妳為什麼要上夜間部？」「家中經濟的問題，大哥要訂婚，弟弟上私立工專又要住校，我需要在白天找一份工作。」「武梅子，妳不能犧牲學業，妳是法學院的一顆星星，第一年就如此出色，如果妳轉到夜間部，妳會浪費妳的能力及前途！」「杜龍生，謝謝你的關注，每一個人的命運都不一樣的，我知道夜間部沒有日間部彩色動人，可是我要換夜間部的決定不能變更了。」杜龍生急道：「這太過分了，妳滿十八歲了嗎？妳父母為何要妳承擔這種經濟重擔？」「請不要責怪我父母，他們尚不知道我要轉夜間部。」Julia 停了一下接著說：「我們第一次見面，我說了太多我的私事，我已完成我的壁報，我現在要走了。」Julia 將壁報資料裝進二個大袋子，一肩背一個，而手中還抱著三本書，杜要幫她，她想拒絕，杜龍生說：「不要拒絕，妳太堅強，妳的壁報是為法學院做的，我還有幾個月的學生義務。」Julia 將一肩頭的大袋子讓他背上了肩，她低聲的說：「我並不是堅強，我是沒有選擇。」

四月份，Julia 到兩家銀行去面試申請工作，而兩家銀行拿了履歷表並不安排面試，拒絕的理由是「一個大學一年級的學生工讀生不會對公司有任何益處」。最後，Julia 終於在杜龍生的介紹下拿到了一週有三個白天而一天有三個小時的家教。嚴夫大是財政部副院長夫人，有三個兒子，老大已入國立藝專，老二要考大學，杜已為他當了一年的家教，老三只有十二歲，老三再過幾個月要考初中，公立初中競爭強，而 Julia 就是老三的家教，每小時費用居然給的有如杜龍生法律四年級家教相等。Julia 在面試後開始教課，學生國文及歷史較差，而這正是 Julia 的強項，Julia 對文學有著真摯喜愛及直覺上的敏銳，其次是數學，它是屬中性而又確實，Julia 很快的發現她的學生有很好的記憶力，而歷史不用教的太費力，只要重複要他死背，就如 Julia 在法院課程的條文一般，死背。

五月，在臺灣沒有人慶祝母親節。Julia 已看完百本書，由牯領街舊書地攤中的外國翻譯小說，迷上了珍、奧斯汀小說、威廉葉的詩，每晚只要沒有考試一定會收聽美軍電臺的英文，她知道五月第二個週末是母親節，Julia 用三分之一的薪水買了一束水仙花及一束紫羅蘭，母親高興的說不出話來，一個對插花藝術有著外祖母本事的母親已太久沒看到這種鮮花，母女倆居然抱頭痛哭了，母親那晚興奮的將自己緞子和服剪裁成一個洋裝，那將是幾個月以後梅子生日的禮物。

Julia 家教的大公子要過十九歲生日，父母為他在三軍俱樂部辦生日宴會，Julia 有些緊張，本來拒絕了，因為杜龍生不會去，他要去中壢面試教官講師（臺灣男士大學畢業要義務入軍訓一年）。嚴夫人問 Julia 拒絕是否是因為沒有去生日宴會的洋裝？並不經意的說出 Julia 的黑裙因騎腳踏車快磨白了，Julia 抬起頭驕傲的對嚴夫人說：「我母親剛為我做了新洋裝。」

三軍俱樂部，氣派有如大飯店，沒有軍警，卻有寬大的舞場，樂隊齊全壯觀，當 Julia 及美二人由美家中的司機送到場時，全場的線視全目不轉睛的盯上了 Julia，Julia 穿了一身有大藍深橘大花朵緞子的洋裝，嚴夫人很快又驕傲的走過全場將 Julia 帶到她桌邊，立即就有位貴夫人用驚嘆的語氣：「哇，這身洋裝的料子真出色！」（臺灣基隆港口經常有商家賣外國貨，日本及歐美衣服及手飾）

Julia 的手被美握著，一點也不緊張，舞臺上有個主唱的女孩，是一首英文歌〈Where is boys are〉，美及 Julia 二人低哼著合唱，嚴夫人注意到 Julia 的合唱，她一面微笑，一面要她大兒子邀請 Julia 第一個下舞池。那是 Julia 奇異的夜晚，Julia 知道嚴夫人大公子有些任性，經常換菜單或要廚子重燒，滑稽的是他有胃病，他身高極高又挺，灰色的西裝及紅領帶的確吸引人。「妳今晚是公主。」他的名字是嚴閩，聲音溫柔，不像在家中與廚子談話般大聲，Julia 笑了：「我不可能是公主。」「真的，妳的美麗已使我的生日蓬閭生輝！」「謝謝您。」「妳這身洋裝極豔麗又出眾。」「謝謝，是我母親和服改的。」「妳母親是日本人？」Julia 沉默了，閩沒有問下去了，他知道自己已愛上這個女孩。而嚴夫人也注意到這美麗的法律系學生。

六月份，中央日報寄來了錄取單，Julia將有一份每週五天、一天八小時的工作，Julia興奮的告訴了父母，因為是暑假，父母並沒有任何的反應，唯一令母親好奇的是有一次嚴閩讓司機陪同送回Julia。Julia住在六十三巷，那不是一個寬敞的巷子，巷子一進去有像嚴夫人家類似的高圍牆大庭院，因為高深的圍牆，Julia無法也從未見過屋子的主人，他們有另外一扇大門出入，有幾部黑色進口車及吉普車停在圍牆外，Julia小時候好奇過，問過父母，父母不關心，整個軍眷似乎也不好奇，軍眷中父母大部分臉色蒼白，母親們喜歡打麻將，父親們臉上沒有笑容，Julia幾乎沒有看到父親們穿西裝，但Julia知道每個父親都有一套西裝，因為Julia在婚禮中看過；父親們工作是五花八門的，賣豆漿、挑著擔子賣豆沙包及各種包子、三輪車伕以及一些父親們上了韓國去打工，這一切資料是由苗婆婆上Julia家門來轉訴說的。

Julia的母親不會打麻將，對中文的了解只有一半，剛開始母親是被人指點而完全隔離，後來了解到母親是父親戰後的護士，一個中國營長救命的恩人，大家開始慢慢接納，但是距離感已存在Julia的心裡，相反的，父親的士兵們不保持距離，他們三天二頭的往Julia家跑，Julia家中最耀眼的除了母親的鹿皮大衣外，就是兩臺冰箱及冰櫃，那是父親工作八年後的商場老闆要出國而送給了父親。

父親的身子越來越壞了，而 Julia 及母親的運氣卻好轉了，原來有一個貴婦在圓山飯店看到母親展出的一次插花藝術，她要母親到蔣夫人的婦聯會去做插花教學，收入極高，又是母親得心應手的，母親告訴 Julia，光看那些大量的鮮花就使母親找回到日本小時候的靈魂，Julia 正為母親慶幸，而自己的世界也變了。

嚴夫人得知 Julia 要辭去家教的工作時，她很鄭重的找 Julia 坐在她家客廳會談，那是個舒適而又高貴的客廳，Julia 第一次進到那客廳，心中多麼希望自己母親能有如此溫馨的客廳，母親的花藝會使這客廳更美好。

「武小姐，為什麼要辭去家教工作，妳只做了三個多月，如果要加薪，我會考慮每小時加薪。」「嚴夫人，我需要中央日報的全職八小時一天，一週五天。」「可是妳尚是一個法律系學生？開學後不可能全職。」「我將轉入夜間部。」「為什麼？」嚴夫人不能理解：「為什麼？武小姐？」嚴夫人追問，「嚴夫人，您兒子極聰明，不用擔心他的聯考……」「我知道嚴臺會考上公立中學，他是家中最優秀的兒子，老大考上藝專，而老二也不可能考上公立大學，我及副院長心中盼望老三給我們面上爭光。」「嚴夫人，我保證您的兒子一定入您們理想的高中及大學，請放心！」「武小姐，我們希望他能有一天上法學院！」「嚴夫人，他會繼續考入您們期望的學校，不用給他太多的壓力。」嚴夫人微笑了，她將 Julia 雙手緊握著，Julia 有些緊張，為什麼自己的辭職使嚴夫人也緊張著？那是什麼？為什麼一個院長夫人要緊張？「小梅，讓我安排妳白天的工作，不用去報社，報社薪水不多，妳學法律的，應該進金融界工作。」「我去過二個銀行找工作，沒有銀行要聘工讀生。」嚴夫人用幾乎責怪的聲音，她輕聲說：「妳應該早告訴我妳的想法。」Julia 沉默了。

嚴夫人進書房拿了一個本子，她迅速在桌上寫了八家銀行及八家保險公司，嚴夫人示意 Julia 到桌邊：「小梅，將妳想去的公司圈上。」Julia 不信任銀行，她挑了第一個保險公司「光華保險公司」，在城中心。嚴夫人又進去書房打電話，Julia 坐在客廳有著面試般的不安，客廳外的油樹揚恍著大片的葉子，綠的令 Julia 不安。終於，嚴夫人走出書房，她遞給 Julia 一張紙條：「小梅，明早九時去面試，直接去找公司的田大板人事主任。」Julia 深吸了一口氣接下了那張紙，她懷疑的看了嚴夫人一眼，帶著心跳，Julia 一鞠躬道謝退出那美麗的客廳。

晉弟及美兩個人約好在新生南路的小美冰淇淋店，美一邊舔著冰淇淋一邊說：「我真希望 Julia 的生日能在三軍俱樂部，嘩，真是氣派，Julia 家教的次長大兒子生日，簡直是電影中的排場，Julia 那晚真美，那身用日本絲緞和服改成的洋裝驚豔全場，每個貴夫人都在打聽那耀眼顏色在那裡可以買得到！」晉弟喃喃的說：「我還沒見過那洋裝，Julia 本來就是美人，就算沒有豔麗的洋裝也是個明星。總之，我不願參加舞會，不是不會跳，而是不喜歡捲入那摟摟抱抱的場合，只注重外裝，不需要大腦。」美盯著晉弟的臉，她突然不理解，為什麼 Julia 會喜歡晉弟？一個平凡的女同學，矮個子，身上永遠有著批發商的怪味道，美沒有喜歡過晉弟，晉弟是 Julia 的朋友，高中三年美與 Julia 是同班，而晉弟是同一高中另一班的同學，為何這圓臉、圓身的晉弟成了她及 Julia 的閨蜜？

晉弟突然停住了話題，問道：「妳到底聽到了沒有？紅樓的火鍋正好在這初秋又冷的晚上，可給 Julia 一個生日祝福，吃完了走到對面戲院看場最晚的電影？」美不想爭辯，因為晉弟搶著表示吃火鍋及看電影的費用全由她出，美認為自己可以買一條深藍色的圍巾給 Julia，Julia 騎車日夜的吹風，而冬天快來了，美認為給 Julia 溫暖比吃飯更重要。

Julia 到光華保險公司見到了田人事主任，田主任問：「妳會中文打字嗎？」「不會。」田主任笑了：「英文打字速度如何？」「不算快，家中沒有打字電腦，只有到圖書館借用。」Julia 尚未說完，田主任已將裝有 Julia 的履歷表的公文夾子收起來，勉強的笑了：「武小姐，明早八點來水險部報到。」「報到？」「是的，明天是妳第一天上班。」Julia 有些暈暈的上了嚴闆的車，是嚴夫人要闆載 Julia 去面試。Julia 穿了一件灰黑的窄裙，新白紗的襯衫（嚴夫人送的襯衫）。

第二天，闆及司機來接 Julia，一半以上的眷村鄰居都看到了，闆覺得自己愛上這個法律系的女孩，她的堅強吸引著自己，但是，閩敏感的知道，Julia 並未喜歡自己，因為自己寄了至少十封信，她沒有回，也重來不提，閩沒有問她為何不回信，心中有小受傷，但閩不自卑，多年來多少女孩寫信給他，他非常有自信，更何況母親要他不要放棄，嚴夫人要 Julia 成為嚴家的律師，也要成為嚴家的媳婦。

美家中又買了兩隻德國種的狗，是專注、自信心強烈的 Rottweiler，美驕傲的在紅樓火鍋中談論家中必須添狗，因為臺灣的犯罪案增加了，再加上家中來躲藏的老闆們也增加了，員工對於年終獎金的期望也增加了。「美，是什麼樣的老闆要躲在妳家？由妳家德國的狗保護？」晉弟一面放魚丸到火鍋中一面隨口問著，Julia 開口了：「我真懷疑希特勒戰爭中最優秀的戰士是否是一群獵狗？」美嚥下一口肉絲說：「這些老闆，有的製水果罐頭，也有的是味精老闆，甚至有鐵工廠及魚廠，今年家中送來二大桶味精，太多了，晉弟我想送給妳家最適合，一箱鳳梨及梨子給梅子。」Julia 突然嚴肅的說：「美，妳父親不要太大量的收禮物，只怕有一天會造成司法賄賂的問題。」美頂了回去：「那些老闆欠父親人情債，老闆們用禮物付回，那是天經地義的，與法律無關。」

不知為什麼 Julia 想起自己高中整整三年接受美中午的便當，自己有什麼權利批評美的父親？Julia 緩緩的說：「美，我願意對伯父的批評道歉。」美似乎受傷了，沒有回話，默默的想父親雖是刑法的代表，可是臺灣沒有經濟犯的大案子，也許有錢人與司法掛鉤後更有錢了？另一個角度來看臺灣窮人沒有錢上法院，跳河是沒有顏色的抗議。此時，晉弟問美要不要多叫甜點，美翻白眼大聲回她：「再吃甜點就趕不上最後一場電影了！」

Julia 收到閩的信件已持續一年，對他的感覺卻沒有增加，她心中感謝嚴家，卻無法有動心的感受。法律系的杜龍生由軍中受訓回來了，杜龍生接受了中興大學法律系助教的職務，而又為 Julia 爭取到清苦學生獎學金，Julia 喜歡他，但是閩家世好，又高又帥，為什麼自己無法喜歡他？杜龍生給了 Julia 兩封信，並與 Julia 約在臺大冰店談論獎學金的事，每次見杜龍生，Julia 總有份歡愉的心情，他的智慧話語及幽默總是令 Julia 嚮往，但 Julia 知道父親不會答應自己與杜的來往，因為杜是個臺灣人，父親從未對 Julia 兇過，可是卻大聲的逼問過：「小梅，妳母親說收到一個姓杜的臺灣人給妳來信？」Julia 覺得母親有些殘忍，自己將對杜的喜歡告訴了母親卻被出賣了，她為什麼告訴父親？更令 Julia 吃驚的是父親的震怒。「爸爸，杜龍生是我們法律系去年以第一名畢業的優秀生。」父親尚未等 Julia 說完就大聲切入：「他是臺灣人！」

「臺灣人又如何？父親，你居然封建，尤其，更偏見！」父親的臉又怒又紅：「偏見？我們家雖窮，但妳上小學有雙新鞋；我們家雖窮，妳與妳兄弟都平等上大學，原則上我及妳母親更寵妳。」Julia急忙的爭辯：「爸爸，我在小學是看到同學中有光腳缺鞋的，但是那並不表示他們是低人一等的！」「小梅，什麼是低人一等？妳是否看見妳叔叔、伯伯們要娶臺灣女孩時，女方所要求的聘金？臺灣人不疼女兒，他們不嫁女兒，他們是賣女孩！」是的，Julia沉默了一分鐘，是這些臺灣女方們要求的聘金讓自己家中陷入了經濟困難，可是Julia為了杜龍生不能放棄：「爸爸，可是那些臺灣女孩的年齡只有叔叔及伯伯的一半大。」父親拍著廚房桌子震起來，桌上的杯子水溢出來了，「別再說了，我不是希望妳讀法律系來與我辯論，妳能想像如果妳嫁到臺灣人家中，他們如何對待媳婦？我的女兒不能賣出去，這件事到此為止。」

父親回到臥房去，Julia沒有過份的傷心，杜是一個出色的男同學，Julia極喜歡他眼鏡後那份智慧，一碗紅豆冰可以吃兩個鐘頭，又到臺大校園走了三個小時，那是Julia極大的享受。杜連Julia手都沒牽過，而父親的逼迫，Julia只好將這份感覺壓到無疾而終了，有一天她收到一張杜龍生照片，背面題字寫上「再見了小梅，天涯何處無芳草」，是的，杜龍生將遇到更好的女孩，Julia在收到照片的那晚心痛了，她拒絕吃晚餐。Julia知道父親能接受闓，他不會阻止闓的車子來家中接送，闓不只是外省人，也是有實力的家庭，Julia知道嚴夫人鍾愛自己，回想那天去保險公司面試，嚴家的權威很顯然的，Julia決定將自己倒入父母的默許中，更何況Julia沒到結婚的年齡，能拖就拖。

Julia不再擔心午餐便當的問題，因為嚴家廚子中午經常送溫熱的午餐到保險公司，Julia在水險部工作，那是一個專門做貨櫃船務保險，同桌有六個女的、兩個男的，再加上一個男經理，那是個長方形十二呎長的桌子，經理坐在最上頭的中間，六個女同事全是大學名校畢業，除了Julia，每一個都有嚇人的背景：市長女兒、兩個銀行董事長女兒及日本商會會長女兒。Julia喜歡市長女兒，她有些霸氣，但絕不滲入是非的會話，另外竹工廠老闆的女兒長的有如娃娃，打字速度是一流的，這個娃娃不只美麗，也是光華保險公司董事長的親戚。這麼一個優秀的同事團隊給了Julia極大的挑戰，面對這些都超過二十一歲，比自己年長的富家女，Julia並不自卑，因為她清楚知道自己智商並不低於她們；在工作上，水險部的經理依靠Julia的判斷及矯正，很快的，保險單的份量加強了。

幾個月後，有個瘦高的律師來到光華公司，律師上了樓見董事，一個鐘頭以後，Julia被傳喚到樓上，進了董事長室參加會議（Julia是公司唯一讀法律的員工），Julia坐在面色蒼白的律師對面，將手中的文件看了兩遍，律師開始陳述公司賠款合約以及再保險條款（Re-Insurance），董事長雙下巴不停的顫抖，並將臉轉向Julia：「武小姐，妳對這件賠款有何看法？」Julia將保單的第一頁指給董事長看，並說：「這份保單校對不夠完整，不是三清公司的名字？」律師瘦長的手指搶過保單看了幾遍，驚嚇的說：「老天爺，公司要有控訴了。」

董事長全身發抖抓住了保單，很明顯的保單上的名字是「三流公司」，而被保的受益人應是「三清公司」，董事長支支吾吾的說：「林貴榮，這個林一定要開除。」林是董事小舅子的女兒，也是水險部中文打字員。律師大聲的說：「董事長，員工開除也不能解決這法律問題。」董事長狼狽的問 Julia：「我們會賠更多嗎？」Julia 面向律師：「我認為這個 Case 有兩面的刀……」律師火大的切斷了 Julia 的話：「我是律師，代表這公司十五年了，妳只不過法律系二年級學生，不要用這種特別 Authority 法律權威方法對我說話！」

董事事突然用全身力氣對律師大叫：「閉嘴，我用了你十五年，你永遠只能告訴我別人多有權利，多有資格告我！今天，你居然沒有查到名字打錯了，這種錯誤是 Julia 找出來的！」律師看著董事長漲紅的臉安靜了，用白眼盯著 Julia。

Julia 將保險單拿起之後緩緩的說：「我認為三清公司的麻煩是與我們同等的，我們公司打錯了名字，但我們的合約中有給他們一個月期限檢查保單的錯誤，三清公司沒有報怨名字的錯誤或要求來更正保單，等於放棄權利更正，甚至幾個月以後到如今的出險也沒注意到這毛病。」律師尖聲插話：「可是三清公司向保險公司付了全部保險費，公司地址及船名等資料齊全，上了法院，我們非賠他們不可。」

「鄭律師，你的見解也許正確，可是保單上的受益人名字也是法律上的大問題，如果我們公司先拒賠，他們必須要上法院去追討這筆賠款。」律師再次尖叫了：「三清公司在法院一定會打贏，到時我們公司要付律師費及賠款利息加上光華公司的名譽損失！」「鄭律師，我們公司不是不想付款，你負責和解及拖延時間。」

「如何拖延時間？」律師人已站了起來大聲問 Julia，「是用要調查的方法去拖延時間，拖住三清公司的律師不上法院，並一再強調名字及收益人名字的錯誤來與三清公司和解，因三清公司沒有更正及校對保單的缺點，也許我們公司可以省下一大筆賠償費用。」這個事故索賠正如 Julia 的推斷，沒上法院打官司，光華保險公司付了百分之三十的賠款費用，董事長親戚女兒被辭退了，Julia 也加薪了。

Chapter 2

劉美的姑姑是 Julia 及美兩個人最崇拜的女性，甚至超過對自己母親的崇拜。

姑姑大學三年級時愛上了她三十九歲的教授，教授離婚有一個孩子。美父親的雙親在姑姑五歲時車禍同時喪生，兄妹兩人被送到叔叔家中，姑姑算是由美的父親養大的，劉美父親在二十六歲結婚時便攜帶妹妹離開叔叔家同住。姑姑是個秀外慧中的女孩，大學考上成大英文系，英文系有個教授是個英國人，姑姑愛上那捲舌的英文，劉美父親到學校警告那位英國教授，在成大校長尚未與英文教授會談之前，英文教授便自行辭職了。

姑姑是個白細而嬌小的女子，卻有無比的勇氣，她放棄英文系，重考入了醫學院，不再談戀愛的姑姑在醫學院中以優異的成績畢業，一年之內到了美國哈佛大學又修讀二年課程，如今劉美的姑姑已是加州州立大學的醫生了。

美在大學三年級就興奮的將自己的資料給了姑姑，姑姑答應替美辦理學校申請，但卻告知無法幫 Julia 及晉弟。

晉弟並沒有要求申請出國讀書，因為醫學院會晚幾年畢業，晉弟生活在那整條街擠滿了動物死後的氣味，那些米、油、鹽的味道是晉弟的最愛及最恨，愛的是它們如此真實的守著晉弟一家人的健康及生活，恨的是她經常懷疑這些重味的糧食是他們生活的血脈？多少同學嘲笑她身上衣服有五穀雜糧的味道，只有Julia了解，Julia告訴晉弟，Julia家中那種味道使Julia想起母親家中菜的香味。晉弟沒有男同學的愛慕信，沒有參加過大學的舞會，她心中只有一個煩惱，那就是她是父親唯一鍾愛的女兒；在她上醫學院的第一年，父親告訴晉弟她的婚姻將用招婿的方式，男方必須入廖家門，成為廖家女婿，也成為廖家的兒子。這種委曲不是每個男子會接受的，但是，父親將把自己的祖傳的店給予男子，一間布店、一間肉店，晉弟一生不用愁生活，晉弟雖不是美人，卻是個健康的醫學院學生。

Julia的生活有了極大的震盪，沒有談過戀愛的她幾乎鎖在圖書館中，突然生活忙碌極了，早上去光華保險公司，中午總是吃著嚴家香噴噴的午餐，偶爾與邱市長女兒同去公司後面的排骨店吃排骨飯，晚上一週五天去學校上課。杜龍生不再出現在Julia的生活中，他是個默默的恩人，可是另外兩個男子在Julia大學三年級暑假時常出入Julia的家中，一個是嚴大公子嚴閩，他總是用汽車接送Julia，並且在年終時送了幾籃柳丁到Julia的家；而另一個有半臉痘子的男孩也闖入Julia的生命，他是軍長的兒子，莫名其妙的進入Julia的家中。Julia的兩個兄弟對此事並不愉快，因父親要大哥睡在行軍床上而將舒服的床讓給了軍長兒子；大哥告訴Julia，軍長兒子將在臺北實習一個月。

Julia曾經帶著美以及軍長兒子去參加舞會，Julia總是嚴閩的舞伴。一個月以後，軍長兒子消失了，Julia問美對軍長兒子印象，美面露討厭的神情：「他是一個被寵壞的男子，比起嚴閩來不像個紳士。」Julia的父親告誡Julia，別忘了杜軍長是自己家中的大恩人，Julia沒回話。

Julia在光華保險公司已過了兩年，加了兩次薪水，這天早上，公司的員工表情很奇怪，Julia一進公司，水險部經理便說：「梅子小姐，您的公公來了！」Julia不理解那是什麼意思？倒茶的趙小姐也神祕的說：「妳公公來公司了！」二十分鐘以後，董事長派人來叫Julia，Julia到了董事長室，見到幾個西裝整齊的人，不可思議的是嚴次長也在上座，Julia深深的一鞠躬。「小梅，工作尚可以嗎？」「謝謝嚴伯伯，工作順利，而且喜歡。」「我聽董事長說妳為公司做了不少貢獻。」Julia將頭低下看著自己的新鞋，是牛皮的，Julia最愛的寶藍色，這是嚴夫人送給她的十九歲生日禮物。

當嚴次長離去時，董事長將Julia再次傳喚到辦公室，董事長用手招Julia坐到他身邊，他一直微笑的看著Julia沒有開口，田人事主任開口了：「武小姐，公司要請您幫忙。」「公司又有法律的麻煩了？」人事主任看了董事長一眼，「田主任，為何律師沒來？」Julia不了解的追問著，田主任說：「公司不需律師，需要您的協助。」「我尚未畢業又沒律師執照，如何協助公司？」董事長將一盒極大的外國香煙盒推到Julia的面前：「武小姐，這是古巴的雪茄，請將它送給嚴次長。」「就這麼簡單？送這一大盒雪茄？」田主任回答的很快：「就這麼簡單！」

那晚，Julia 沒有去學校，沒有考試可以翹一天課。董事長的司機將 Julia 送到嚴家大門口，Julia 抱著雪茄盒踏上了玄關，差點跌倒，因為這一大盒雪茄極為沉重。

吃過了晚飯，嚴次長要 Julia 到書房會面，嚴夫人及嚴闓二人也在書房，次長大人滿臉怒氣，Julia 不了解發生了什麼事？只見雪茄盒放在一張書桌中央，嚴夫人開口了：「小梅，知道這盒是什麼嗎？」「是古巴的雪茄。」Julia 很快的回答，嚴夫人搖頭了，那是什麼？Julia 莫名其妙的想著，次長突然說：「小梅，將那盒子打開。」Julia 由嚴闓手中接過了那沉重的雪茄盒子，七手八腳的打開了，她呆住了，裡面是比母親鐵盒的金條更大的金條，大塊的有如小燒餅：「這是金塊嗎？」Julia 瞠目結舌的問。「是的，」嚴闓回答了：「那是金塊，林董事長漏報將近二千萬的稅，財政部總稽核已呈報給財政部，而次長是調查首長，故再次去光華公司調查。」接著 Julia 被嚴家的司機開車送到陽明山董事長家中送回雪茄盒。結果，董事長沒坐牢，但補繳稅加利息。Julia 不敢與同事提此事，但是公司同事對 Julia 的態度是令她困窘的，太尊敬了，連經理也不敢像以前那麼幽默了，邱小姐說大家都知道 Julia 是嚴家的媳婦。

期末考完，教授要 Julia 去面談，教授是耶魯大學政治系畢業的，他說他看過 Julia 的成績及壁報，他願為 Julia 推薦美國一些學校獎學金，Julia 有自知之明的婉拒了，因為沒有一個像美姑姑那樣的經濟支持，沒有學校會給外國法律系獎學金。教授說他認識杜龍生，一個優秀的講師，杜告知 Julia 在未滿十八歲時就為家中擔起經濟責任，外國學校會喜歡人品優秀的學生。最後 Julia 將自己的資料給了教授，並希望教授轉達自己對杜龍生的感謝。Julia 希望杜出現，杜知道自己在那兒上班，知道嚴家與 Julia 的親近，但杜沒有再出現，Julia 想一定是那杜龍生已完成天涯何處無芳草的故事，早已有了名花的女孩，Julia 有些忌妒，雖然自己被嚴闓盯得牢牢的。

那是個週末，Julia 在嚴家，全家在看臺灣小姐選舉，電話響了，闓緊張的站了起來，嚴夫人接了電話，嚴夫人回頭對 Julia 說：「小梅，是妳的電話。」「我的電話？」Julia 知道自己沒有留給任何人嚴家電話，「喂，那一位？」一個低聲，磁性的聲音，「我是菲菲，不要緊張，是有關嚴闓的事，我想與妳見面，我在小美冰淇淋店。」電話斷了，Julia 手中還拿著電話，她沒有看闓，藉故上了洗手間，這個菲菲是誰？為什麼不與闓講電話？Julia 無限好奇，決定自己前去赴約。

小美冰淇淋店在新生南路，而嚴家也在新生南路，她走到外面，陽光刺眼，她戴了頂布帽，小步疾走到了小美冰淇淋店。菲菲小姐，一見面，Julia 記起她是嚴闓生日那晚在三軍俱樂部唱英文歌的女孩，已過一年多了，菲菲小姐穿著臺灣女孩穿不到的藍布牛仔褲，黑白交織的上衣有個漂亮的結，美麗的大眼及性感的厚唇。Julia坐在椅子上喘氣，菲菲說：「武小姐，謝謝妳來，我幾乎準備要走了。」Julia抱歉的說：「讓妳久等了，原以為很近而沒叫計程車，結果有些遠。」「我已經懷孕了！」「什麼！懷孕？誰的孩子？」菲菲眼紅欲落淚：「是嚴閩的。」Julia的心冷不妨抽了一下，張著嘴說不出話來，菲菲接著又說：「武小姐，我與嚴閩在一起三年了，這兩年來他告訴我他愛上了妳，而他父母也不會接受我這種康樂隊的女孩子……」「那妳為什麼要懷孕？」「我愛他，不是愛他家的財力。」Julia不知道自己要說什麼，她問菲菲：「妳希望我為妳做什麼？」「我希望妳告訴他家，我愛他，我懷了他孩子，更希望妳離開他。」離開嚴閩？Julia從未主動接近嚴閩，是嚴閩家的車子不停的停在Julia家的巷子口，遠離他？Julia看著菲菲的淚越來越大顆，她心軟了，同時她的心也自由了，一種興奮的自由。

嚴夫人及嚴閩正在安排嚴次長在國賓飯店生日宴的菜單。嚴閩似乎有心的一直注意Julia，Julia終於打斷討論，要求與嚴夫人單獨到書房會談，嚴閩要跟上，Julia請他止步。當Julia告訴嚴夫人菲菲的事，嚴夫人張大嘴不敢相信，然後抿著嘴去到次長臥房，幾分鐘後，另一個會議在廚房展開，次長、嚴夫人、嚴閩、武小梅，當廚子送茶到桌上後，被交待不許任何人打擾。

次長臉色鐵青，嚴夫人先開口了：「那個菲菲的孩子是你的嗎？」閩緩緩小聲的回答：

「不知道。」「如果那孩子不是你的，為什麼那女孩要告訴小梅？要我與她談嗎？」嚴夫人逼問，嚴閫又小聲回答：「孩子，也可能是我的。」大家沉默，次長突然大聲問：「那小梅呢？你對小梅做了什麼？」閫站了起來極大聲又理直氣壯的說：「我沒碰小梅，我連小梅的嘴都沒親過。」次長突然發瘋般的甩了嚴閫一大耳光，大吼：「畜牲，蠢到極點，該碰的不碰，不該碰的碰了，去死吧！」說完話，氣呼呼的回到臥室，嚴夫人在次長走後對嚴閫又加了一句：「你父親說得對極了！」也走回臥室。Julia 在閫發呆中離開了嚴家，從此沒有再回去過。一個星期以後，Julia 辭了工作，因為母親的債已還完，鹿皮大衣回到母親身邊，Julia 完全自由了。

劉美在最後一年的大學生涯充滿興奮，姑姑在美國已為她選了三個學校，三個學校中只有一個學校有獎學金。加州的 U. C. Davids，美對加州夢想已久，可是 U. C. Davids 離雷絡（Reno）賭場只有三個小時車程，父親防衛性的不贊成；第二個是綠茵芳草的密蘇里大學，姑姑向父親提醒，密州糖尿病及抽煙者居多，不是很健康的城市；第三個是猶他州州立大學，這所學校有獎學金，又鄰近姑姑所住的加州，父親同意了。

「雪到底是什麼樣子呢？」Julia 躺在榻榻米的枕頭上幻想著，美昨天告訴 Julia 她申請的學校在猶他州，那兒一年有幾個月是綿綿不盡的白雪；Julia 長而柔軟的髮絲散落在枕上，小而柔軟的乳房緊壓著榻榻米，這時刻，Julia 多麼羨慕美有個在加州當醫生的姑姑，而自己是否能出國？家中的經濟還是窘迫，雖然父親的兵士們為家中多蓋了一間違章建築的房間（給哥哥的媳婦住），而且有些韓國跑船的兵士們送來了不少質料厚而細軟的韓國毯子。

Julia 多愛這個家，愛自己父母，可是內心深處有黑暗的懸崖，那是父親的傷深深蝕刻下的不公平痕跡，在臺灣必須沒有自尊的活在蔣政府及杜軍長的呼吸下，而美國的雪，對 Julia 而言是一種夢，自己人生的夢，Julia 一生沒有看過雪，那種在電影中所看到的美感，像碎冰撒向天空再織成無數的小彩虹，Julia 由榻榻米一躍而起，望向狹窄的後院，她知道她將會在美國與劉美再見，那種幸福感就像見不到光，卻須屏息凝守的乳白大理石般的美。

劉美總是好奇來自猶他州的摩門教徒，他們曾遍布臺灣小島，騎著腳踏車，穿著黑西裝、黑領布，熱忱有修養。美的雙親是基督徒，週日美常陪父親上聖心教堂做禮拜，聖心教堂設在繁華的市中心，是一棟金黃色豔麗的建築，中國人對金黃色有著莫名的敬拜，古時只有皇帝可穿此種顏色衣服，廟中有金黃銅像的神像被供奉著；其後，一千年以前，廟中道士得寵，皇帝們對道士們的迷信好奇，道士獲准穿黃色衣服，和尚們也被獲准穿黃色。

聖心教堂中的神父發放麵粉，這使新教友由於身子受惠，心靈更接近了上帝，美相信神的存在，雖然《聖經》中有許多難解的章節。美與 Julia 曾為宗教爭論，因為 Julia 是個孝順的女兒，陪父親去教堂，陪母親去拜廟，母親並沒有為了對父親的深愛而前去教堂。當美說教堂有大量麵粉發送，Julia 告訴美，自己的父親沒有領過任何麵粉，但他尚留著對日本的莫名敵意而因此無法到廟中跪拜，而母親卻在西門町的廟中找回靈魂的平靜；Julia 總在週六早上與母親去廟中跪拜，週日則與父親到教堂唱詩歌。美說不可以敬拜兩種神，Julia 微笑了，上帝與神都是正義的，讓人善良，不從惡事。能否上天堂？是否有輪迴？不是幾句話、幾本書可以斷言的，哲學家也理不出一個所以然來。

臺灣原本是個佛教興盛的小島，如今，基督教及曾存在的小量伊斯蘭教徒也恢復了它的生氣，蓋了比聖心教堂更大的清真寺，但，臺灣人信佛的基礎是根深蒂固的，輪迴的思想使不少人相信來世，也減少了今世從事不法的行為，在法律觀點而言，未嘗不是喜事；而美卻認為迷信使大部分臺灣人愚拙無知，她甚至認為 Julia 是迷信的，她極為嚴重的抗議 Julia 是學法律的，不能迷信，Julia 回答：「任何沒有證明的事實，不是完全能相信的，而科學及宇宙中有太多無法證明及解釋的事實不停的發生。」劉美覺得自己一生都無法贏得勝利的就是與 Julia 的爭辯，Julia 她絕不願受洗成為一個真正的基督徒。美的父親曾問美：「梅子到底信什麼？」「梅子信基督，也相信佛祖的。」美的回答令父親笑了：「別逼梅子，她也許不是好教徒，卻是一個孝順的女兒。」

猶他州立大學在婁根（Logan）城市，有三萬名學生，學校建築在半山谷中，占地之大約有二分之一的臺灣大學校園，但沒有臺大的氣派，也沒有臺大外羅斯福路及新生南路的喧嘩熱鬧，極為安靜，有種世外桃源的感覺。唯一令美很快就感受到的是美國人並不富有，貧困在不停的移民中來到美國，使美國經濟重擔如積雪般被壓迫，猶他州的摩門教需要大量的教徒，故鼓勵教友多生兒女，生下的兒女不是由摩門教負責，而是加入美國福利基金（Welfare fund）。再研讀到美國經濟近代史，美是震驚的，自由貿易使美國陷入借債過日子的經濟，民主黨及共和黨沒有注意到美國這塊大餅正被全世界啃著。

美記得她在臺灣時買蜜絲佛陀口紅及化妝品要花上百分之兩百的關稅，因美國貨太貴，只買過一支口紅，買不起超貴的皮膚保養品；反觀美國，由於免關稅，日本汽車、臺灣時裝、中國大陸廉價品，全成了美國人上百貨公司的理由，因此美國貨在日本只銷了一年百分之五的商品，而外國貨，尤其日本貨卻在美國銷出了近百分之四十的汽車、電氣產品，這的確是美國經濟大方的後果。美國經濟損傷並不只是因為對世界各國打開大門，讓這最愛花錢的民族享受外國貨，更以老大哥姿態出兵為他國打戰而引起經濟內傷。半夜了，美頭痛了，告訴自己別操心美國的經濟，自己又不是美國人。

幾個月過去，美在美國的第一個聖誕節來臨，整個大學的同學幾乎全走光了，不少商店、住家都是亮晶晶閃著紅紅綠綠的燈，美喜歡這種節慶的裝飾。姑姑邀請美去加州她家過節，美訂機票不順利，大部分機票已賣光，剩下頭等艙，美不願多花一倍的錢坐頭等艙，她告訴自己要獨立。最後，她開車由婁根市經過有名的鹽湖城，到天氣如春的加州，全部路程幾乎九百五十里，大約花了十五個小時；路中經過一站是監牢地區，美心收緊了，不敢張望，使勁踩著油門開過；天黑時，進入了賭城（Reno），美已經四肢無力，全身酸痛，走進一家中型旅館，一進門，洗了澡，蒙被大睡。醒來，姑姑送的嗶嗶機響了，她用酒店電話打給姑姑，姑姑幾乎用哭的聲音說：「我剛報了警！」「姑姑，為麼這麼快就報警？」姑姑大聲的回答：「妳為何不打電話報告妳在那裡？是妳父親由臺灣來了三通電話逼我報警。」

美終於在晚餐前抵達了姑姑的城市——聖馬太爾（San Mateo），這是一個安詳的城市。第二天，姑姑帶著美去到美容院按摩，修手及修腳指甲，這些享受在婁根市不可能享受的，普遍而言，任何在臺灣能享受女人世界的美容或是妝扮，在聖馬太爾全能享受到；猶他州沒有美容院，當地女人付不出錢也是原因之一。

在美出國一年之後，Julia 也開始積極的找教授申請出國，母親非常不願意，她由日本嫁到臺灣這個陌生的國家，而親愛的女兒也想出國到另一個陌生的國家，母親流淚的勸 Julia 不要出國，並舉出種種自己受苦、受罪的情形，Julia 告訴母親：「我不是嫁去美國，我是去追求我的夢想。」「美國有什麼好？」母親不高興的問。Julia 摟住了母親：「那裡有雪，美寄來的照片，美極了！母親，再等我兩年，我會安排妳去看雪。」母親眼紅了，幽幽的像自言自語：「日本也有雪，雪有時極危險，雪有時極髒，在街上會有雪泥。」Julia 不說話了，每次母親提到日本，家中每個人都是沉默不語的，沉默是一份尊敬，更是一份無奈，那是 Julia 心中的一個缺口，也是母親的。

舊金山離美的姑姑家只有二十分鐘路程，舊金山的天氣不如聖馬太爾，天氣有時像怨婦般不安，但這個多元文化的城市令美流連不已。廣場上（Union Square）裝飾著兩層樓高的耶誕樹，對面梅西百貨（Macy's）最高頂樓有起司飯店（Cheese Cake）是姑姑的最愛，美簡直無法拒絕那些鮮豔欲滴的蛋糕，這次姑姑要帶美去 Hyatt Hotel 吃晚餐，因為那最高一層樓是旋轉餐轉，客人坐在上面一邊晚餐，一面可以由那繞一圈一百八十度的餐廳欣賞美麗舊金山的夜景。

美坐在那，喝著粉紅的甜酒，一邊聽姑姑的戀愛史，這是人生一大享受。美向姑姑提出想去加州 U. C. Davids，再也不願回到那布滿雪泥的婁根市，那個城市令她早上一醒來就心情灰暗；可怕的天氣，車子總是拋錨。姑姑安靜的看著美，沒有回話，表情像極了美的父親不同意某件事時的表情，此刻，姑姑喝了一口紅酒，又盯了美許久，終於開口了：「美，妳的勇氣不像妳父親，更不像妳姑姑。我知道妳是傭人帶大的，有些公主味，但是，妳自己選擇了猶他州大學，又有獎學金，妳父親在臺北親友面前是多麼的驕傲，尤其這次妳獨自開車來加州，更使我也為妳驕傲，沒想到只讀了幾個月就想要換學校？是斐根的雪不夠白？地上的雪泥太黃了嗎？實際上，妳只需要買一雙雪靴就能解決雪泥的問題，為什麼要換學校？妳父親在臺北如何面對親友？」

美沉默了，姑姑一向是美的智慧之神，她貫通中西文化，獨自出國，沒有向父親要過一分錢，如今姑姑對自己的指責是有道理的，為什麼自己如此脆弱？是斐根沒有聖馬太爾好吃的食物？沒有好的美容院讓自己花錢來打扮自己？美知道這些只有其中之一，最可怕的是，美發現自己不是一個野外運動健將，她恨透每天早上騎腳踏車去學校時那副狼狽相，還有每兩週去同一家中國餐館吃 Buffet，雖然美買了不少廚具，也經常用美國大香腸煮豆腐，但她還是懷念臺灣廚子做的點心，美自己炸過香蕉。為了適應環境，也買了兩雙大雨鞋，還是摔過二次。還有，皮膚雪白的英文教授並不欣賞美的英文，美上課總帶著小錄音機，回到宿舍猛練習，甚至邀請當地白種女孩同學同住，自己付的房租比她多，只盼望溝通英文，誰知這位女同學的男朋友經常故意穿著內褲在走道上逛，使美對愛情的幻想成了一個骯髒的小說。她在給 Julia 的信中說道，如果簡（Jane Austen）還活著，看了如今男女同居、吵架的愛情，一定會大哭三天而封筆，不再寫愛情小說了。

「美，妳怎麼啦？不高興姑姑的話了？」美委屈的流淚了，她緊閉嘴唇搖了頭說：「我不轉學了。」「可是妳流淚了，難道在婁根市發生了大事？是學校的？還是個人的？」美搖頭：「沒有麻煩，學校沒有，個人也沒有，我只是喜歡加州的天氣。」「加州天氣？」姑姑不解，加州天氣使美落淚？美又開口了：「為了父親的驕傲，我可以忍耐幾年直到畢業拿到碩士為止。」姑姑笑了，呼了一口氣說：「不用忍耐，讀書期間也是戀愛期間，妳在臺灣沒人追妳？沒男朋友？姑姑不相信，妳是個活潑的女孩子。」美想起了宋，那個高大害羞的男孩子，家中開茶鋪，母親喜歡的店鋪，但是宋告訴美，因為自己是獨子有照顧父母的義務，絕不可能出國；美喜歡他，他們相戀了近一年，在美出國前，他送她一副紅色的珊瑚耳環，也是美今晚載上的耳環，姑姑並沒有特別欣賞宋的孝順，她說：「太孝順就會沒有情調，如今這個社會，年輕人會自力更生，父母也不應要求報答，如果宋是一個為孝順而放棄幸福的人，不會產生愛情，我從不幻想愛情。」

姑姑的確不生活在夢幻中，雖美用自己經濟學頭腦去分析姑姑，還是不能完全理解姑姑的犧牲。姑姑為自己的愛人 Dr. Johnson 生下一個女兒，如今已九歲，然而 Dr. Johnson 比姑姑大十歲，有妻子、有兒子；美的父親是姑姑唯一的親人，也完全不知道自己妹妹在美國的生活，姑姑將女兒寄住私立天主教學校，只有假日才接回家，美問道：「姑姑，她這個耶誕會回來吧？我還沒見過她呢。」「再過兩天，我和妳一同去接她，她的名字是伊麗莎白。」

美說不出話來，姑姑的回答如此自然，就像婁根市的雪每年都會下般自然，美有些挑戰意味的問姑姑：「為何妳不告訴父親？他是妳唯一的親人。」「我不想讓妳父親的槍抵在我腦門，我女兒會失去母親。」「可是，Dr. Johnson 有妻子、有兒子？」姑姑將紅酒放下，她握住了美的手，認真而又慢條斯理的說：「美，妳認為我不道德？因 Dr. Johnson 有妻有子？讓我告訴妳，我有兩個理由，心理的和生理的。我愛 Dr. Johnson，我們同在一家醫院時，他是我的指導教授。生理上的理由是，當我發現自己已經三十三歲了，生理的警鐘響了，我必須要生孩子，否則不能成為一個完全的女人，我要做母親。別忘了，妳的奶奶，也就是我的母親，在我很小就走了，當然奶奶是極有道德的生下我，但卻無法撫養我，那她有沒有盡到道德責任？雖是車禍喪生，也使我孤獨成長，妳不會了解由叔嬸以及自己哥哥養育的滋味是什麼！尤其妳父親，我的哥哥，他不是父親，也不是母親，他是神，他居然能讓學校將英文老師趕回英國。所以我選擇另外一條路——到美國學醫，而給我獎學金的是 Dr. Johnson，他是個已婚的心臟科醫生，我親眼見他拯救過無數的生命，他所教的學生是優秀而出色的，而他的學生也救了不少病人；我愛上他，他卻不能愛我。」

「姑姑，太可怕了，Dr. Johnson 不愛妳，而妳卻為他生了女兒？」「美，我早不幻想愛情，我愛了他幾年以後的一個慶生會上，他喝了酒，在我床上到天亮，我因此懷孕了。別忘了，我已經四十三歲了，當我三十三歲就決定要他做我孩子的父親，我知道他不能愛我，他已結婚，不能失去工作。」姑姑停了一下，美的心糾著、等著，「小美，那是永難忘的夜晚，是我三十三歲生日，我請了三個醫生同事到我的 Condon 小室慶生，我與自己打賭，如果，如此美好的一夜情，沒有懷孕，那是我的命。後來 Dr. Johnson 再也沒有來過我的小屋，這個我最愛的男人從不過問我的私生活，我換了另一家醫院工作，也許他以為我另有男友，因為當伊麗莎白五歲時，我在 Lake Thoe 碰到了他和他妻子以及一個十歲的兒子。」

「姑姑，妳的故事我不喜歡，妳考慮過伊麗莎白嗎？她有權利知道她父親是誰？她已經九歲，應該會問的。」「伊麗莎白問過，五歲就問過了，我告訴她，她父親在戰爭中陣亡，就像她外公一樣。」美看過姑姑桌上那張美如洋娃娃的伊麗莎白相片，她是個安靜的小女孩，才九歲已五呎七吋高了，美知道 Dr. Johnson 是個六呎二吋的醫生，美說：「姑姑，妳太委屈了，伊麗莎白可知道自己混血兒的輪廓，父親絕不會是東方人？當她長大以後發現妳的一夜情，是否會瞧不起妳？」「小美，真正的愛情沒有輸贏，付出是極美的，我們不是一夜情，他是我的一世情。伊麗莎白知道自己父親是個美國軍官戰死在戰場上，她是個讓我驕傲的女兒，何況她在學校中成績全是A。」

晉弟對今年夏天有著無限的不耐煩，兩個最要好的朋友，一個已由姑姑協助出國了，另一個正努力考托福（通過托福英文成績才能申請美國大學入學）。晉弟的父母已強硬表示她不可以出國，她是父母的心肝寶貝。對於一個賣米糧的父親來說，晉弟是父親頭上的皇冠，整個迪化街鄰居都有著兒子的驕傲，唯有廖家只生了一個女兒。記得隔壁張老闆兒子考上中原理工學校，迪化街放了兩天的鞭炮；第二年，晉弟考上了臺大醫學院，廖家並沒有放鞭炮，但開了三桌酒席請鄰居來慶祝，隔壁張老闆沒有出席，心結嚴重的不再賣中藥給廖家了，晉弟不了解，幾十年的鄰居，居然只為了兒女考上的學校而切斷了來往？

晉弟完全了解自己五短身材與父親的遺傳關連極大，這是她的第一大殺手，五呎二吋的父親加上四呎九吋的母親，生下了十磅重的嬰兒，這對興奮的夫妻並沒有因此警惕，反而嚴重的將過多的食物及營養餵給這已過重的小嬰兒。晉弟常想如果所有進入自己胃裡的食物都變成智慧的話，那該多偉大？晉弟嘆著自己的命運，已在迪化街生活二十二年了，每天上學以前，那每家打開大鐵門的一刻，各種不同的怪味就流溢出來，晉弟知道自己明年的生活會陷入絕境，因為小梅出國在即，她即將沒有知心朋友在身旁，醫學院的同學是表面和諧而內心互相競爭的，女同學不多，但是卻清秀可人，男同學高大而英俊的不在少數，加上一些高官兒女，這些全是教授們的最愛，而晉弟只有與痘子、死動物為伍。父親對晉弟的驕傲極令晉弟心寒，父親要求招女婿是個夢，極為殘酷的夢，這個夢建築在一個只有五呎高而體重過重的女兒身上。

臺灣的夏季潮溼，小島氣候培育出了幾十種傲人香甜的水果，Julia 將水果盤放到家中後院，坐在小板凳上，看著螢火蟲閃閃的飛著，晚風是熱的，令人出汗的夜晚。Julia 正準備向父親報告自己申請國外大學的事項，而父親很快的又重覆談起自己戰爭的小故事：「打戰時，軍人是沒有國籍的，只有聽長官的命令向前衝！」父親停了一下，眼睛溼了：「最可怕的不是敵人而是寒冷冰凍時，士兵們沒有棉軍衣，只有單薄的軍服，更心疼的是眼看著自己的士兵在敵人先進的機關槍前倒下犧牲，因為自己軍隊只有幾支小炮口、舊的機關槍以及一堆過時的步槍。」父親沒有聲音了，淚已成串流下，這是 Julia 第二次看到父親的眼淚，是為了他心愛的兵士流下的，那一晚 Julia 沒有開口提出國的事。

一九九七年是個重要的一年，歐洲經濟同盟在這一年開始了，同盟中有一些富裕的國家多麼不願意與窮鄰居握手併肩生活，但是富裕國家了解到窮鄰居的犯罪及無知會威脅到他們美好生活時，他們沒有笑容的讓步了。

英國政府在擁有香港近百年後，將在一九九八年六月三十日正式還給中國，Julia 在電視上看到英國紳士如何對這東方之珠深情款款，一次又一次的告別宴會，驪歌升起在香港每個角落，是紳士（英國）不放心將這已接受西方情趣的女人被共產的中國奪回？這份情太深？無法放？不願放？是的，全世界都在緊緊盯著這一段離情，當中國的軍隊開著卡車及五角紅旗進入東方之珠的那一剎那，東方之珠的命運已經不是美麗及豪華可以挽救的，對著槍口，只有溫順，也許，Julia 真盼望另有奇蹟來改寫東方之珠的命運。

一九九八年，Julia 收到第一所大學錄取的信（Admission），興奮的一夜未眠，她打開存款，存在銀行的一萬三千臺幣只能換取近四百美元（當時臺幣四十利率換美金一元），如何能付出美國的學費及生活費？又如何告訴父母自己出國的計劃？晚餐時，父親拿出一瓶日本酒，也倒了少許給母親，兩個兄弟自認上了大學早已是男子漢，兩個人也都斟滿一杯酒，父親興奮的不是喝酒，而是提出一門 Julia 的親事。父親看著 Julia 說道，他上班附近有位女醫師，她見過 Julia 數次，終於向 Julia 的父親為自己的兒子提親，Julia 尖叫的離開了飯桌，父親用更權威的理由，說 Julia 如此嚮往美國，以 Julia 強烈的個性很可能嫁給一個白人，父親對臺北中山北路的美軍（美軍俱樂部在中山北路）大兵經常粗魯肇事而心寒，而李醫生的兒子在美國拿到了碩士，正要研讀博士，一個史丹福大學的博士生將是 Julia 最佳的丈夫人選，也是可以令父親驕傲的女婿。

李博士不是一個完全成熟的男子，一直待在學校中，沒有入過社會，長相忠厚，一臉委屈的圓，Julia 的父親選他除了因為他是名校博士生以外，他的雙親也是優秀的，母親是名醫，使 Julia 父親的腿不再一高一低的拐著走路，Julia 無奈的問父親：「父親，難道我為了您的腿，我就得嫁過去了？」

新郎李比 Julia 高半個頭，Julia 在第一次見面時，塞了一張紙條給這個李博士，上面寫著：「請與我合作，我們沒有感情，不可能有愛情，你是一個名校史丹福大學的博士生，絕不能被父母玩弄這一生的婚姻；對我而言，你是一本我永遠不想讀的書，拜託，救救我，也救救你自己。一個不想嫁你的無辜人留」

新郎與 Julia 婚前只見過兩次面，第一次就是在 Julia 偷塞紙條給對方的餐廳，父母均在座，第二次則在新郎的家中，新郎父母故意迴避，這給了 Julia 和新郎談判的空間。新郎坐在電視面前的沙發上看著球賽，Julia 有些胃痛，看著新郎的側面，這麼陌生，她震憾了，照片上圓臉的人比本人好看多了，那份專注看電視的樣子，有些痴呆，怎麼可能是一個博士生？而且是美國名校史丹福的博士生！Julia 怪自己為什麼不能找出一個情敵來對抗父親？只怪自己在大學時太自負，只有杜龍生一雙深眉總是那麼憂鬱的看著自己。婚姻？Julia 以為那是遙遠的，她只知道要還母親欠的債，還有那讀不完的書。

「武小姐，妳是否要喝橘子汁？」那張圓臉離自己只有一個桌面，她愣住了，她拒絕看他的臉，心煩的回答了一句：「不想喝。」李打開冰箱倒了一杯給自己，又回到電視面前，Julia 像仇人般的看著他，他的背影，陌生，走到他側面，還是陌生。

Julia 對父親一向是崇拜的，但這一刻，Julia 感覺自己的尊嚴被父親屈辱了，Julia 憎恨的問他：「李博士，你為什麼沒有女朋友，你又不是長的很醜？」「武小姐，請問妳，妳為什麼沒有男朋友？妳這麼漂亮？」李切斷Julia的逼問，聲音是柔和的，他直視著她，走到了桌邊，Julia對他那刺客般的搶白發怒，一時說不出話來，她不是一個喜歡與陌生人爭辯的人，而這是個陌生的仇人，這仇人也沉默的握住手中喝了一半的橘子汁。

空氣有些窒息，Julia站了起來，李說話了，不疾不徐的：「我有個交往幾年的女朋友，是臺大歷史系畢業的，她曾告訴我，如果我出國，我們就完全結束，我以為她是開玩笑的，結果我出國一年後收到她的喜帖，我心中極端悲哀了一年，那一年我全泡在實驗室裡。」

Julia委屈的問：「我成了代替品？」李嘴角牽動了一下，放下了杯子：「妳不是代替品，妳比她漂亮，比她優秀，這是我回國相親的原因；而妳目前是單身，又嚮往美國生活，這也是伯父為妳選擇這樁婚姻的原因。」

Chapter 3

美國政府已接受了柯林頓連任當選，雖然他幾乎敗在競爭者杜爾的手中。柯林頓發現保健計劃擱淺，政治舞臺中，美國名聲已快保不住老大哥的位置，國內乞丐增加，Homeless在雷根總統之時關閉不少精神病院，而精神病患者沒醫院收容，導致增加了社會暴力的犯罪成員；個人買槍支已氾濫，極多無辜的生命喪生。日本政府極火大，因為有一個日本學生在萬聖節去參加慶祝，走錯到陌生人的院子，口吃的英文及節日裝扮竟遭一槍斃命，開槍的人因自衛而被判無罪！柯林頓的助選大將用了兩個哈佛畢業的天才將棋盤改陣，用了家庭、道德、傳統的號召，使大量破碎的家庭將票投給了柯林頓。

一九九八年，Julia到美國的那年，英國王妃黛安娜車禍喪生，喪生的還有她的希臘愛人。Julia帶著剛出生的兒子大可來到美國加州，住進了史丹福大學的學生宿舍Escondido Village，那是由八個外國博士家庭共同擁有的大院子。Julia極為興奮，卻也緊張自己的英文尚不夠火候去認識這來自不同國家的新朋友。

Julia開始在史丹福修課，一週三天，並與兩個鄰居交換輪流當保姆（Babysister）。英國夫妻均讀博士班，有兩個活力十足的兒子，加上大可，三個男孩幾乎組成一個戰場；另一個由非洲奈及內亞來的鄰居，男孩子八個月大，只有母親，沒見過他父親，八個月捲髮、大眼睛的男娃竟已開始邁步了；李告訴 Julia，那並不奇怪，因為非洲人有馬的基因，馬在出生後便可站立。

Julia 的生活是緊湊的，李讀博士班，Julia 經常背著大可去實驗室送便當、食物，導致自己修課總是遲到，史大課堂充滿了理想與生活力，她告訴自己，生活挑戰不會令自己倒下，她必須戰勝一百多人的課堂，更何況每一個教授都在支持及鼓勵 Julia，課堂中的學生也極為友善，Julia 無法不愛上史丹福大學。

那天是期中考，Julia 正埋頭思考考題，一抬頭看到奈及利亞鄰居在窗外跳上又跳下？Julia 心震了一下，衝到教室外，鄰居告訴 Julia，大可由桌子上掉下地，現在在史丹福醫院中。Julia 趕到醫院，一再的要醫生確定自己兒子耳朵聽覺沒有影響。那晚，李博士大發雷霆，打了 Julia 一記耳光，並將她推向床上，撕破她的內衣，Julia 真正嘗到了被強暴的滋味。

美向來羨慕 Julia，她童年雖清苦，但是 Julia 那神祕的褐眼及乳白的皮膚，很難讓人忽視她的美麗，法律系畢業比經濟系在美國更吃香，如今 Julia 又嫁給一個美國名校的博士生。一年前，美興奮的回臺灣參加 Julia 的婚禮時，卻發現 Julia 是恐懼的，婚前的一夜，Julia 告訴美及晉弟她害怕了，她與新郎只見面兩次，沒有親密關係，連親吻也沒有，Julia 說如果知道自己是如此快走向婚姻，真希望當年與杜龍生發生些什麼。晉弟和美兩人本來都為著Julia的幸福澎湃著，如今聽Julia的一番話，簡直是一大盆冷水潑醒她們，晉弟開口了：「梅子，也許婚後會有愛情，我父母就是先結婚後才戀愛的，外表並不代表一切，勇敢些！」Julia的臉格外蒼白，這是美及晉弟從未看過的模樣，Julia咬著脣含淚說：「我必須勇敢，性愛是另一個鴻溝，我要跨越，那是一個令人恐懼的未知領域！」淚大顆大顆的落了下來。美開始了解姑姑那不可思議的幸福，愛一個男人的幸福，情到深處無怨尤，難道道德不再是人生的全部？

靜夜中有碎裂的聲音自窗前迅速穿越，夜太靜，幾乎真空，晉弟在想，那些是幽靈趕著去投胎的聲音嗎？這些幽靈，有的纖秀美麗，有的粗糙拙劣，有的經過細細雕琢，有的根本就是急就章，因為人間的需求太殷切，他們忙著再度奔返紅塵、旋死、旋生……。

晉弟已選擇婦產科，這科醫生不需要靠長相就能得到病人尊敬，甚至令病人喜愛的。自從Julia及美出國以後，晉弟父親由日本帶回一張照片，那是父親株式會社（日本人）朋友的兒子，晉弟看了照片，雖瘦了些，但清秀沒戴眼鏡，有動人的微笑，馬上喜歡上了。他們開始通信，晉弟戀愛了，三個月後，男子寄給晉弟一塊碧玉；六個月以後，他們見面了，雙方父母盛裝出席，但是晉弟心卻裂了，雖然晉弟特意穿了新的套裝及三吋高跟鞋，那男子卻連正眼也不看她，整個會面過程在莫名其妙中結束了。

晉弟父親認為失敗的原因在於要對方入贅，那是個險棋，但是晉弟清楚知道這男子是虛榮的，任性而粗魯的，粗魯的日本男子並沒有減輕晉弟刺骨的痛，晉弟的理智無法蓋過內心被愚弄。晉弟第一次了解到Julia喜歡寫詩的原因，詩可以讓悲傷飛到窗外，於是她寫了人生第一首詩寄去給Julia：「我心中尚有一滴碧血，始終不肯凝結，他給的玉不再戴上，只剩得一片冰涼黯淡。」Julia很快回了晉弟：「碧血化玉時，那才是一塊真正古典的玉，晉弟將是古玉，將覓到世界上好男子終身相配。」晉弟收到Julia的詩，大哭出聲，婚姻不可怕，可怕的是和誰結婚？

晉弟回到醫院，信心再起，看著那些剛出生的血娃娃，真是奇蹟，晉弟極喜歡孩子，可是晉弟父親開始不耐煩等待抱孫子，一個能繼承廖家臺中布店、臺北肉店的孫子，晉弟被父親強迫相親了。

十月的加州，陽光還是放肆的很，Julia躺在自己白色的地毯上，大可在身邊玩積木，一聲聲的喊：「媽咪看，媽咪看！」那逗人的小身子又透汗了，Julia內心一陣酸，想起自己已疏忽這個小生命太久。Julia的母親拜訪加州兩週，母親住了一週以後，Julia及李有了第一次的德國慕尼黑旅行，是Julia的保險公司的Conference of Pruoental，Julia是公司賠款組經理，帶領二十三個員工的 Julia 被公司選為公司加州最優秀的經理，Julia 的母親極為驕傲；李沒有任何表示，但李在接受母親新買的領帶時極為高興。

公司在慕尼黑給員工住的酒店是五星級的，每晚均有表演，Julia 奇怪的發現在跳竹棍舞的均是男士，德國啤酒似乎是公司同事的最愛，包括李也喝了不少。第三天旅行車開到 Salzburg，它是莫札特出生的地方，也是有名的電影《真善美》（Sound of music）的場景，由茱麗・安得魯絲（Julia Andrews）主演的，那部電影曾牽動 Julia 的靈魂，她閉著眼聽著鐘聲，小雨飄下了，公司大部分員工搶著回車上，李發脾氣了，因 Julia 要在雨中坐馬車，又要照相，李拒絕為 Julia 拍照，他大聲的說：「妳是個神經病，雨中照相？買幾張 Post Cards 就有教堂及馬車。」李說完自己先回到了車上，Julia 沒有向李解釋那些 Post Cards 中沒有自己的存在。

Julia 由德國回美國的第三天，母親回臺灣了。一個月以後，Julia 接到電話，母親腦溢血送醫院不治，Julia 痛不欲生的放下已安排好的一週會議，訂機票回臺灣奔喪，李沒有同行，他的理由是機票太貴，何況大可需要有人照顧。母親的去世使 Julia 陷入空前的哀痛，她無法馬上回公司工作，她病倒了，一週過去，一個月過去，Julia 不再認為自己的人生有任何意義，她是為母親而活的，拿到學位，母親第一個接電話聽到，找到工作，第一個打電話給母親，買了房子，第一件事就訂機票要母親來美慶祝；母親的離去，回憶如排山倒海的擊倒Julia，那京都滿滿春色、雨滴、琴聲都與Julia的靈魂相牽，外祖父母家高大松樹中那藏不住的櫻花，花期時，花瓣在細雨中飄落，只見一瓣瓣的撒落，粉紅色攤了滿花園，直到被雪掩埋。母親的離去，令Julia那脆弱的心靈如此不堪一擊，但她卻奇蹟的活了下來，「媽咪……」大可清脆的聲音不斷傳來，Julia知道那個奇蹟源自大可。

Julia由耀眼的陽光裡從床上躍起，牽了大可胖圓的小手，下樓到了車房，在車房角落找到一塊舊的被單，她將灰塵擦去，發動了車子去中國城購物。中國城裡一群群中國人，在她眼中都如此親切，她真羞愧自己初到中國城時對他們陌生的廣東話及在路中間拉嗓子的談話方式，她不想承認自己與他們是同一種族，她曾懷疑那一盤盤的菜、那一件件乾洗的衣服智慧能被白人尊重？為什麼同樣的加州土地，從西班牙人到印地安人並沒有任何建設？到了華盛頓後代成了一所所高學府，史丹福、柏克萊、洛山磯大學、舊金山大學，這些高等學府成了美國的資產，他們就像好萊塢般重要。

「叭叭……」尖銳的喇叭聲在Julia的身後響起，Julia由後照鏡中看到的面孔是東方的，她原諒的微笑了，她已開到了日本城，似乎要蒐集一百百、一千千個東方面孔來化解她對母親的思念。

美已畢業三年了，經姑姑的介紹在一所高中教課，在美的心中最不甘心的是讀了四年大學、二年碩士，加上小學、中學，一共讀了十八年的書，結果是住在姑姑家中，開一部舊車去教一群被慣壞的學生。她多麼希望有自己的事業，姑姑告訴美，如果想擁有自己的事業要多多存錢，存錢？幾年了，只存了不到三萬元能做什麼？

美開車到 Julia 的家中，大可已經三歲了，真可愛，美已經快二十六歲了，尚沒有心愛的人，她一面喝著紅酒，一面說：「Julia，我已不在乎婚姻了，妳和姑姑都有了孩子，我想要孩子。」Julia 將熟睡的大可放入臥房，她看著美，美變了，美國的生活使她變瘦了，五呎六吋的美有雙動人的大眼、大酒窩、豐滿的胸部、細長的雙腿，她是動人的、成熟的，「美，如果要有孩子，妳要先有孩子的父親。」美安靜了，她喝了一口紅酒：「我現在只想有自己的事業，不再想教課了。」「討厭妳的學生？」「那只是其中一個原因，但在學校中浪費我的能力才是恐怖。」「美，我每天與那個老律師在同一辦公室那才叫痛苦，我曾在保險公司帶領二十三個員工，有五個私人祕書，如今這老律師 George 不肯加薪，兩個女祕書都被他氣走了，我成了他的祕書，而且最大的問題是老律師總是偷帳、不公平。」

Julia 加入 George 時，公司有三個律師，其中一個律師因為沒有祕書而轉到南加州了。George 是個退休的檢查官，如今專攻車禍受傷案件，犯罪案子已少有人找他，Julia 加入公司後已成功打贏兩個案子，尤其是一個餐館的被告，餐館發生食物中毒，受害者是個演員，代表餐館的保險公司將案子給了George.;演員的妻子告餐館八百萬美元，餐館老闆的最高保額是三百萬美元，George將整個資料給了Julia，他要Julia找出理由去降低賠償，當Julia拿到報告研究了一個月，發現有太多的疑點，於是每個週末與美協助查資料，醫院中資料則由美姑姑當免費顧問。Julia要求George平分律師費用，原本Julia只有百分之四十，但老律師須給付祕書費用，祕書那時已走，George需要Julia，沒有選擇，所以答應了。

Julia對這個控訴案子有極重大的突破，她發現這個演員有嚴重的胃潰瘍及浮糜（腸膜病）記錄（Celiac Disease），雖驗屍報告中說是食物中毒，但是，演員去世這一年已進院兩次，嘔吐、糞便色淺及臭味黏度顯示腸內膜損傷嚴重，身體不易吸收，常有便祕現象，也有便祕醫生處方的記錄，醫囑不能吃太多大麥、小麥食物，然而演員出事那天吃的正是大麥的麵包。Julia邀請衛生局來餐館調查，衛生局調查結果是A，接著消防檢查亦良好。這所有的資料附上時，Geoge的眼睛一亮，Julia建議自己與控告方律師一同開會，會議中有餐館保險公司代表Barbara、George、控方律師以及Julia，會議長達六小時。

三天以後，Barbara保險公司只賠了象徵性的八十萬美元和解，Barbara公司寫了一封感謝信給Julia，且邀請Julia去她公司工作.;George很快的將這個控訴八百萬的官司用八十萬和解的勝利結果傳給尚未與他律師樓簽約的保險公司。Julia回了一封給Barbara，表示自己因母喪辭去以前另一家公司經理職位，如果律師樓合約到期時會考慮Barbara的邀請。

Julia只拿到百分之四十的律師費用，George說百分之五十的條件並沒有寫下合約，只屬口頭談過，Julia想要離開，但George和解的案子使George更出名了，有更多案子打電話進來，George已請了一個男祕書，他說女祕書是妖怪，除了被男友拋棄外只有懷孕的份，Julia並不喜歡這老律師的變態想法，但是Julia因為很多的保險公司打電話來George辦公室要求Julia成為他們保險公司的律師代表而感到虛榮與欣喜。George也開始問Julia是否願意成為合夥人？Julia沒有答應，但律師樓又多了二個律師來忙碌了。

美在Julia的家中住了兩天，兩人為新事業計劃討論了四十八小時，找不出適合三萬美金的生意，花店及美容院，大材小用，不適合劉美的學位。突然美抓了一份Lake Tahoe的報紙大叫：「Julia，快來看，這裡有一個小汽車旅館要賣，只要八萬元的訂金！」Julia將報紙拿過來看了：「美，妳只有三萬元。」「我可以向姑姑借錢，我甚至可以賣一些珠寶。」Julia笑著看美那興奮的眼睛，美已經辭了高中教課的職位，最近為Julia拼了近二個月George演員的案子，只拿了Julia兩千元紅利，使Julia心疼並感謝，如今美正在通往她經濟學的巷口，自己不能不盡力。

「Julia，拜託，打電話給這家Broker，請求妳！」美一直用力拉扯著Julia的袖子，

Julia打通了電話，並為美完成了一份買賣合約——訂金五萬元，總價五十二萬元，每月五千元貸款，九年還清，合約被接受了。姑姑借給美三萬元，但要求每個房間應有一面牆的鏡子，美開張以前，花了三千元在每房添加鏡子（二十一個房間），又付了三千元油漆費，美找了一個又白又高的白人油漆匠，他向三條街外一個旅館老闆借了長梯子，美開著自己的小舊車，油漆匠手握著十二呎長梯子橫在中間坐在後座，後車門打開著；美慢慢的開車，後面有五部警車跟隨，因為有人舉報賭場前的交通被一個拿橫梯子的人堵住了，警察只能發警報聲，卻無法超越美的車子。

到了美的旅館，已有上百個好奇的賭客及旅客隨著警車到達，警察得知美是新的老闆，只開罰六十元。那晚，美的旅館尚未開張，已有一半的住房率，這個在賭場旁的小旅館換了個名字——Elizabeth Lodge，比起原來的THREE PALM順耳多了。十一個月以後，美賣了旅館，淨賺了九萬元，美要買更大的旅館，可是加州沒有三百萬美元以下的旅館拍賣，更何況美在臺灣的父親極為火大，要美馬上回國，並要美的姑姑負責此任務，姑姑嚴肅的對美說：「美，如果不想被父親捉回去，那就該找一個外州的旅館，如此美的父親不容易找到她，用一個郵政信箱號碼做郵件回信，否則美的父親會親自電美國的F.B.I.。」

美對第二次的投資有經驗多了，她先考了一個經紀的執照，她選擇猶他州，一個自己熟悉的地方，再加上Julia告訴美，猶他州的法律是老闆比員工受保護；加州的法律，員工簡直可以弄垮老闆。美去了猶他州兩次，決定買下一個連鎖的中型酒店，在市中心，離大學府幾條街，要價兩百七十五萬，美要出價兩百五十萬，Julia 看了酒店的收入及開銷以後，教美出價兩百一十萬，結果美沒有拿到合同，另一位買主出價兩百三十萬得到。美在姑姑家中生 Julia 的氣，她對姑姑說：「Julia 也許是個好律師，但不是一個高超的商人。」姑姑聽了美一整天的抱怨，不得不說：「Julia 是個最有智慧的女孩，她要妳低價一定有原因。」電話響了，猶他州的旅館經紀人問美：「如果你肯再加上十萬元，用兩百二十二萬元的價錢買，旅館就是妳的。」美拉喉嚨大喊：「我會馬上寫合同。」

原來出價兩百三十八萬的那個買主只有七十萬現金，須向酒店賣主借一百六十萬元，而賣主查出買主的信用有倒閉記錄，因此拒絕賣給他；而美已得到銀行貸款一百七十萬元證明（由姑姑房子保證），加上美是經濟系的碩士，又曾是小酒店的老闆，買賣合同得手，姑姑又借出八萬元，Julia 回臺灣變賣了母親的金條加上自己的存款也借出八萬元，美賣了所有珠寶加上存款還有佣金，總共只湊足了十九萬，離訂金的五十萬美金尚差幾萬。

Julia 接到晉弟的電話說晉弟可能再過三個月就要結婚了，當晉弟知道美要買酒店，問美願意讓晉弟成為股東嗎？晉弟願投資十五萬元美金而領取百分之二十五的股東，經濟算盤一打，晉弟出了近百分之三十資金而只要百分之二十五股份，再加上美每個月可領兩千元的經理費用，美同意了。因為晉弟不在美國，合約由 Julia 擬定，並由姑姑為證人，在美國的

Escrow 公司完成買賣合約時，Julia 是晉弟的法律代理人（Power of Attorney）。

買下連鎖旅館一週後，美收到二份報告文件，一份是律師通知，一份是勞工局猶他州文件，提出控訴的人是十四個沒有被美繼續僱用的白人員工，他們請了兩個律師告上了 Labor Dept 勞工局，而白人律師一開始就在電話中告訴美這個案子沒有和解的可能。美正在申請連鎖店又忙著訓練員工，整個人瘦了一圈，Julia 向 George 告假一週，飛到美的旅館，仔細研究了一天，她鬆了口氣：「美，別擔心，我想吃壽司，別擔心。」美哽咽的問：「Julia，我無法付龐大的律師費，可不可以分期付款來還？」Julia 閉了一下疲勞的雙眼再開口：「美，沒有律師費，我是妳的好朋友。」美真的哭了：「那 George 發現了怎麼辦？」Julia 覺得美的哭相真像大可，她安慰的說：「美，George 又老又不公平，如果他不高興，我就辭掉工作，反正只剩一年合約了，我有幾個保險公司的合同及聘請書等著我，我的船正在揚帆，不可能沉的。」雖然 Julia 一再保證，美還是一夜失眠。天一亮，Julia 及美在大雪中上了美的舊車，感謝天，馬上能發動，讓她們提早半小時抵達勞工局。

聽證會上，兩個六呎高、皮膚雪白的律師，及兩個員工代表，加上美及 Julia 坐在一個看起來很溫和的黑皮膚女法官面前，法官將自己的錄音機放在桌中央，Julia 將美的錄音帶呈上，其中一個白皮膚律師問 Julia：「這捲錄音帶是經過員工允許錄下的嗎？」Julia 尚未回答，其中一個員工代表便神氣的說：「我面試時，劉小姐拿出來錄的，我已批准了！」律師瞪了那員工一眼，接著耳語似乎在警告那兩位員工代表不許開口，只能由律師問話及回答。

接著告方的律師用二十分鐘報告控訴的原因及內容，最主要的內容是對員工的歧視及年齡的歧視，女法官聽完後，面向美：「劉小姐，請回答我的問題，慢慢回答。」「法官，我可否請我律師回答？」法官看了 Julia 一眼微笑的說：「當然可以！」Julia 將一份文件呈上並說：「法官，這是一份酒店的收入及開銷明細表。」法官看了以後，將這份文件給兩個告方律師輪流傳看，其中一個律師表示不了解這份明細表對案子有何幫助，他大聲的抗議：「我們告的是員工歧視。」Julia 很快的反駁他的抗議：「法官，我的被告還沒有僱用這十四位員工，怎麼可能有歧視行為？這份明細表指出這個酒店面臨倒閉，雖然收入高，但是支出已超過收入，尤其員工的薪水占了支出的百分之六十。」法官將手中的資料看了一遍，Julia 繼續說：「這就是劉小姐買下旅館以前的明細表，這個旅館原來是一個土生土長在猶他州的白人建築師擁有，蓋了有二十三年了，原來的員工一直加薪留任。建築師去年去世，他的兒子是一個助理教授，不懂酒店生意，幾乎要宣布關門，卻又不甘心讓父親二十三年的心血泡湯；劉小姐買下了這個旅館的第一件事是要裁減一些員工費用。」

「法官，我們對這個旅館的經營方式沒有興趣，我們要追究的是新老闆對員工的歧視。」告方律師用宏亮的聲音說道。Julia 及法官兩人一起看向這又白又高大的律師，Julia 辯論著：

「您所說的歧視是那一種？劉老闆是旅館唯一的東方人，她僱的員工有十八個白人，三個墨西哥人，二個黑人女孩。」另一個律師不耐煩的說：「我們告的是年齡上的歧視。」法官有些不高興的說：「武律師尚未完全陳述她的案子，我已經給過您們優先訴說，從現在開始，要按次序，她報告完才輪到你們倆。」Julia 再次開口了，她解釋著：「如今，猶他州員工平均薪資每小時美金七元，而這個旅館有三代同堂的祖母、女兒和孫女兒，孫女每小時十三元，女兒二十三元，祖母更高達每小時二十八元。」此時全堂安靜，Julia 繼續解釋：「當劉小姐買下旅館，前兩週面試錄音前已告知每個面試的員工，並由面試決定留任合適的員工，我希望這捲錄音帶在此播出。」

接著錄音開始播放，一開始是祖孫三代的員工——祖母、女兒及孫女兒。祖母在錄音帶陳述自己已工作二十三年了，如果新的老闆不僱用她，那就會吃上官司。中間還有錄到二個白人婦女的言談，第一個是個半天工、負責養花的女士，她說那名祖母員工經常將酒店的花剪回家去，她認為那是偷竊行為，並說大家都看到祖母從不工作，只負責將被單及毛巾拿給自己女兒及孫女去折疊，大雪天總將打掃工作推給三個墨西哥婦女及二個黑人女孩。接下來是一個全天工作的白人婦女，說她已工作五年了，因為她是白人，祖母對她並不嚴厲，但她實在不忍心看這祖孫三代欺負那二個雙胞胎黑人女孩，那二個女孩是啞吧，但不是聾子；酒店的房客室與清潔室（House Keeping Dept）分別在三棟不同建築裡，清潔員工必須推著工作車遊走在三棟建築中，而祖母從不給這二個女孩雨衣，只用舊被單蓋在工作車上給她們，她們常常浸在雨雪中做超過十小時的工作，而且祖母也不給加班費，常常看到女孩累得牙腫了半邊臉還來上班。」

錄音帶中傳出白人婦女哽咽的陳述，黑人法官眼中含著淚，Julia 看著兩個大律師，其中一個將頭低下了，咬緊嘴唇。錄音中另有幾個前櫃檯員工對祖母的霸氣的控訴，聽完錄音帶，法官問二個大律師：「還有問題嗎？」「可否請武律師回答有關年齡歧視的問題？因為祖母五十九歲了，她工作二十三年，如今失去了工作又沒薪貼，是件殘忍的事實……」法官打斷律師尚未說完的話，臉轉向 Julia：「武律師，妳可以回答，也不用回答，因為這案子我有足夠的資料了。」

Julia 舉手發言：「法官，我願回答，劉老闆選用的新員工，在清潔部（House Keeping Dept）其中有四個是超過六十歲的，五個白人婦女，一個墨西哥婦女。」法官將資料排整齊在桌上，並將錄音機拉近，宣布了結束的時間，接著說：「這個案子在十天之內會有判決，這十天之內雙方請勿打勞工局電話，因為雙方會收到判決的結果，謝謝各位的合作。」法官問那捲錄音帶是否可供勞工局作證使用，Julia 點頭了，美尚在發抖；兩位告方律師伸出手與 Julia 互握，二人的手一冷一熱。那位祖母擠到 Julia 前面說：「我們一定贏！」在大雪中，大家都上了自己車。

十天的等待中，美是歇斯底里的，她禱告、流淚，Julia回到加州後，一天打兩通電話安慰美：「不要自尋煩惱，我們一定贏。」美問為什麼？Julia告訴美：「因為我從來沒輸過。」

德國帶回來的鴣鴣鐘已輕叫十一點，Julia 的心懸在半空中，大可在浴室玩了半個小時後，已灑上香粉甜睡了，Julia 的心無法安靜下來，她無法看電視，開了又關了幾次。晚上九點時，Julia 打給李的老闆 Dr. Ford 詢問李的蹤影，李的上司極為禮貌的回答：「李博士今早打電話請病假了。」Julia 腦中轟然一聲響，天哪，是不是自己最近因母喪而憔悴的面孔，使先生失去回家的興趣？他會有其他女人了嗎？不，李是一個有女人也會上班的人，為什麼李今早出門穿上 Julia 給他的深藍色襪子，卻沒有去上班？

Julia 走進了李的書房，書房凌亂，一地的報紙、書籍、資料，Julia 半蹲下找到一些臭襪子，轉身去廚房找了兩個塑膠袋，將襪子收了一袋，垃圾般的報紙等放了一袋。突然，Julia 的手停住了，她在書桌下摸到一個酒瓶，濕濕的，瓶中尚有幾滴酒，仔細一看是烈酒，Julia 坐在地上愣住了，她縮在桌角，她心思轉到這幾個月來李是如何生活的？李每日早晨西裝整齊的出門，晚上不超過七時便回到家中，吃著 Julia 煮的大鍋菜或鄰居送來的包子；Julia 幾乎沒盡到自己做妻子及母親的義務，週末，李會載著大可去快餐店進食。Julia 突然想到，一週前李超過晚上十點回來，滿身的酒味，李不是個會喝烈酒的丈夫，但 Julia 沒有質問他。何時李把喝酒當成嗜好了？為何要喝？

此時，Julia站了起來，將李整個書桌的抽屜翻倒在地上，又將桌底下的竹籃垃圾筒翻倒，垃圾筒中滾出幾團紙，Julia用顫抖的手展開第一張：「梅妻吾愛，我是如此愛妳，雖我從未告訴過妳。婚禮中，妳的美麗及純潔使我覺得自己不配娶妳。妳一直是個盡責的小妻子、小母親，我應是世上最幸福的男人，我不懂羅曼蒂克，每當孩子或妳不適，我都急得暴躁，妳總是默默忍受，每次對妳粗魯，總使我更痛苦；妳的毅力及奉獻給了大可及我幸福的生活，增加我心疼，直至妳母親去世，妳心中雕像碎裂，妳幾乎不想生存下去，妳忘了我及大可是多麼的需要妳……」這張紙顯然還沒寫完，Julia慌亂中抓了另一個紙團，難道這會是遺囑？「梅妻吾愛，我是多痛苦，看著妳不吃不喝的日子，使大可害怕，雖妳總掙扎的煮一些大鍋菜飯給我和大可。大可不敢接近妳，我每日祈禱，盼汝母之喪事走出妳的腦海，我訂了幾份美國雜誌及一份中文報紙，可是，妳從未翻閱；妳悲哀的辭職了，妳不在乎大可是否不想吃大鍋飯了？中文報紙，我看了，才知道為什麼我的家人許久沒有給我來信了，原來我母親在臺灣的診所出事了，母親診所已面臨失去的絕境，因為有一個議員的男孩，在母親診所動手術中喪生了，母親沒有權利在她診所進行那手術，應及時送去大醫院……」

Julia的心猛烈的跳動，感覺心要跳出胸口，突然「鈴鈴……」電話在深夜響起顯得格外刺耳，Julia站在書桌邊接起電話：「哈囉！」「哈囉，這是警察局，妳是李太太嗎？」Julia握住電話說不出聲來，「哈囉，哈囉！」警局在呼叫，Julia用顫抖的聲音回答：「我是李太太。」「李先生出了車禍，他身上有 Dr. Ford 的電話，我們打給 Dr. Ford 才得知妳的電話。」Julia 馬上問：「我先生在那裡？」「他目前在聖馬代爾梅兒醫院，正在緊急搶救中。」Julia 回了一句：「我馬上到！」掛了電話，將大可抱給鄰居 Mrs Cook 代為照顧，便匆忙衝到車房。到了醫院，醫院宣布李已去世了，警察深深的吐一口氣說：「他喝酒開車，幸運的是沒撞到人，只撞到了大樹。」Julia 知道真相以後休克了。

美坐在三一二房間看著窗外，一排排綠油油的柏樹，金黃的陽光照在停車場上，使一個原本平凡的旅館顯得高貴而柔和。停車場已停滿了車，去年，美第一次看到這旅館時，牆的顏色有如失去健康的人，外牆蒼老、油漆剝落，灰塵已侵入牆內，使原來淡藍色滴蝕成灰色，這個外表失去吸引力的旅館，美認為它有極好的骨架，收入高，地點好，賣主原開價三百萬美元，而讓美以兩百二十萬買到。Julia 為美及晉弟成立了一個有限公司——LLC，如此可保護晉弟及美的私人財產與旅館分開。美將所有珠寶變賣，只保留了一對珊瑚耳環，用珠寶的費用將旅館內外重新油漆，淺綠色的新油漆已顯出旅館有拱門建築的魅力；美信心十足，第一年拿下連鎖店的品質大獎（Quality Award），總公司用 UPS 寄來長十二呎寬五呎的白布條獎品，美將大布條掛在酒店建築前面。

美成了一個高貴的吉普賽人，她每個月回姑姑加州的家，Julia 及姑姑來酒店過了二晚，第一晚，酒店幾乎住滿了布朗球隊的球員及球迷，那晚球隊要慶功，櫃檯中有三人被邀請，球隊經理向美表示，隊長希望 Julia 能參加晚宴，美感覺榮幸的接受了，當 Julia 推絕時，球隊經理說：「Julia 是個幸運兒，他們隊長看中了 Julia。」經理走時還說：「東方女人毛病多。」

日本餐館中，美悶悶不樂的坐著，姑姑及 Julia 也不說話，終於，美大聲的問 Julia：「梅子，妳到底怕什麼？妳不去，又阻止我去？我們兩個都是單身，妳為什麼不為我的旅館做一些 PR（公關工作）？」Julia 喝了一口豆腐湯，問美：「妳是否看到那又白又高的隊長手指上的戒指？我們單身，他不是，我沒興趣一夜情。」這句話一出，美驚嚇的看著姑姑，姑姑慢慢的喝了一口湯說：「Julia 是對的，那個會打球的小子有些粗，根本配不上 Julia，就算他單身，Julia 也不會喜歡他。」美安心了，這兩個愛自己的女人都是有智慧的。

臺灣的秋天時陰時晴，迪化街擠滿了人，廖家正在辦喜事，廖家的喜餅早已在幾天前分送到各商店的每個鄰居，甜蜜的義美牌芝麻餅傳達今日晉弟婚禮的喜氣。晉弟母親端著一盆有紅魚圖案的水盆用力將水潑撒出去（臺灣習俗，女兒嫁人有如潑出的水），當然，到了臺中的男方家也將旋即回到廖家，因為晉弟的新郎已由法院公證將自己改姓廖，對晉弟父親而言是雙喜，嫁女兒，卻收了個兒子。鞭炮聲連串，迪化街染上炮燭的香味，炮燭中，穿白紗的晉弟被擁出門外，她三吋的高根鞋羞答答的踏上一條木板上（鞋不沾水），新娘臉上塗了一層厚粉，像極了日本藝妓，晉弟低著頭由美和梅子扶著。新郎是父親臺中布店的員工，父母雙亡，由一個姐姐養大，完全同意入廖家門姓廖，晉弟看出這個要做自己丈夫的男子長相不俗，可是學歷太差，心中有些不甘，但是，晉弟父親認為他身體健康又能做生意，那比學歷更重要。

Julia 坐在法院中等法官傳喚，今天有兩個令人臉紅的案子，George 不願自己來丟臉，就強迫 Julia 來收拾殘局。第一個案子是一個公司向 Julia 的客戶租了三間辦公室，如今已積欠了兩個月房租未繳，對 Julia 而言是輕鬆的，只要遞上租約合同給法院，一個月後，這個公司可以滾蛋；第二個案子是個 George 打輸、想要再上訴的案子。兩個案子繳完資料，Julia 走出法院時，一個高大捲髮的年輕律師跟在她後面，Julia 沒有回頭，那律師疾步走到她旁邊：「哈囉，妳好嗎？」Julia 停下腳步，這張臉她看過幾次，這個律師有個毛病，經常上了法堂還欠缺一些資料，引起法官不悅。「我見過妳好多次，可否一同吃午餐，我是 Sean。」說完，手已伸出，Julia 將手禮貌的遞了給他，這年輕律師接著介紹自己，不知不覺，兩人已走到兩條街外的快餐店；午餐並不貴，Sean 搶著付錢的模樣使 Julia 覺得他很可愛。

Sean Barmash（顯・巴梅許）是個猶太人，父親是U.C. LA洛山磯大學的法律教授，Sean卻在舊金山的法學院（Hasting）畢業，父母在他三歲時離異，母親是法國人，在柏克萊大學教法文。Sean的母親很喜歡Julia，她帶Julia去穿耳洞，並送了Julia一塊法國香皂，Julia極為喜愛，捨不得用來洗澡，只用來洗臉。Julia對於Sean和他母親的寵愛，有種不安的感覺，她想由他母親口中知道Sean的年齡，答案是Sean比Julia小上五歲，Julia失眠了，她忘不了自己是個母親，大可是她生命中最重要的人，Julia記得Sean說過：「妳要做我的女朋友，不能只約會，我們之間不可能避免上床，尤其妳是個美麗的女人。」一夜過去，曙光再現時，Julia決定去請教美的姑姑如何與Sean分手。

姑姑拿了一筆獎金，請美與Julia去舊金山的牛酪蛋糕晚餐，剛點完酒，姑姑小聲的問Julia：「梅子，如果妳婚前與大可的父親上過床，妳會嫁給他嗎？」Julia馬上搖頭了，姑姑很滿意的點頭了：「所以妳必須把自己變成美國女人，不能認為必須要嫁給那男人才能上床。」美及Julia都放下正在喝的紅酒，等姑姑再繼續說，「最重要的是妳喜歡他，他也喜歡妳。」Julia想了一下說：「離我們第一次在法院見面時已過一年了，他與我同在一棟樓工作，電梯上見過數次，所以第一次午餐沒有陌生的感覺。」姑姑又逼問：「妳喜歡他嗎？」Julia閉眼回想：「我如果不喜歡他，不會去見他母親，他母親說他已愛上我一年了，如今，我擔心他的年齡比我小，我是有孩子的女人。」姑姑冒出了一句話：「他親過妳嗎？」「親了很多次。」Julia 誠實的回答，姑姑再逼問：「如果跟他上床，妳不願意嗎？」美大叫起來：「姑姑，他們沒結婚，如果懷孕了怎麼辦？」姑姑轉頭看美，笑了：「我有避孕樂可以提供。」

三個人同時陷入沉默中。

George 律師事務所已有五個律師了，如今也有一個上半天班的太郎和一個全職的祕書，Julia 與 George 的合同已過期一年，當 Julia 拿到 Barbara 的保險公司聘書，Julia 決定向 George 辭職，George 用一種不能理解的態度向 Julia 勸告：「妳是我們事務所的明星，如果妳進了保險公司當經理，那是個團隊的工作，妳無法展現妳個人的魅力，那會埋沒妳的天才及能力，妳一定會後悔的。」Julia 答謝了 George 的顧慮，清完自己的桌子，搬了五個大箱子走出了 George 的律師樓。

Julia 曾謹慎的考慮過是否辭掉律師樓的工作。她想起曾被同行的男律師們譏笑，每當 Julia 贏了一個案子，不論控告或被告的男律師們總會來上一句：「法官當然會喜歡東方的『Barbie Doll』。」再加上 George 經常將一個能打贏的官司打到輸，只為了任性的表示他不需要聽 Julia 或其他律師的建議，George 有退休金（退休以前法院的），而 Julia 卻沒有，這個新的保險公司職位已提出四〇一 K 的退休金福利。為了大可，三十三歲的 Julia 已提早考慮退休的福利，Julia 知道，那是因為自己自小就失去安全感的生活，雖然 Julia 已是美國公民，但對美國的經濟不是十分信任，那雪球般的福利堆起給窮苦及懶惰人的溫床，也給了 Julia 最深的憂慮。

太郎，一個法學院二年級的學生，在 George 事務所上半天班，他對 Julia 極為崇拜，尤其他更驕傲 Julia 有一半日本人血統，他總是告訴 Julia，在事務所中 Julia 比其他四個律師優秀。因為違法打工，太郎被移民局盯上，由於 Julia 的奔走，太郎沒有被驅逐而只得了一個警告。Julia 得知太郎是個孝順而又勤學的學生，生長在一個離京都偏遠的鄉下，鄉下的蔬菜盛產，其中茄子是太郎的最愛，茄子糕是太郎常送給 Julia 的零食，並告知茄子在京都城市是昂貴的，太郎父母雖為鄉下人，卻希望唯一的兒子有京都孩子應得的夢，他們努力存款給太郎上了劍術的課，那是一種貴族子弟的功課，教劍術的教授看上了太郎，教授有個十五歲的獨生女丘子，對這十六歲，近奇蹟的身材（十六歲六呎高在日本有些奇蹟）深深愛慕，丘子父親極力參與太郎父母對他的學業計劃，因為教授的資助，二十歲的太郎到了美國，入了法學院。Julia 要離職時，拿了太郎在日本的地址，她告訴太郎她會與太郎在日本再見面的，因為 Julia 母親的骨灰尚未運到日本外祖父母的家鄉，那是 Julia 的一件憾事。

美戀愛了，和一個隔三條街小汽車旅館的經理Jim，美由員工口中得知Jim經常送客人到美的旅館，而美旅館的房價一晚比汽車旅館高出十五元，旅館經理Jim總是為客人補貼十五美元讓客人住到美的旅館中，客人可享受美的旅館室內游泳池，那種窗外飄雪而客人擠滿在室內泳池的情景令美驕傲極了。

Jim是個中等身材，芝加哥出身的白人，幾年前由於叔父去世，他接手這個有二十三間房的小汽車旅館。因叔父是合夥人，Jim很快的在猶他州習慣了與芝加哥一樣的下雪氣候。美第一次請Jim晚餐，Jim回答自己送給美的客人都是因為抱怨他的汽車旅館太小，但客人在選酒店時，沒選價錢高檔的酒店，Jim不退錢，大部分客人願另加十五元美金到美的酒店，小部分的小氣鬼，則由Jim自付了十五元送進了美的旅館，結果皆大歡喜；有些客人在美的旅館住到期後，會再加住幾天。美對Jim轉介客人的恩惠產生極大的好感，很快的也接受好廚子Jim邀請的晚餐，苗條的美開始變得豐潤，美知道如果她嫁給這個Jim，父母會與之斷絕關係，所以不敢提婚姻之事，Jim也不提。

一年過去，Jim將汽車旅館賣掉，美與Jim同居了，美的姑姑不喜歡Jim，美不高興的問Julia：「姑姑為什麼只見Jim一次就不喜歡他了？」Julia回答：「可能因為Jim不是一個誠實的君子，有意隱瞞自己曾結過婚。」是的，美並不知Jim是有過婚姻記錄，直到同一個屋簷下三個月後，才因一個女人由曼谷來電話，得知她是Jim的前妻。三十三歲的美在雪中摔了一跤，暈了過去，到了醫院，醫生說美已經小產了。

晉弟打電話告訴 Julia 自己生下一個女兒，Julia 向晉弟恭禧，晉弟苦著聲音說：「我父親失望了。」「晉弟，告訴妳父親，這只是第一胎，妳尚年輕，來日方長，可以生多幾個。」晉弟幽幽的說：「父親要我馬上再懷孕。」Julia 呆住了，Julia 記得晉弟的父親是一個矮壯而硬性的父親，且非常的迷信，晉弟結婚時，Julia 因為自己已婚，故拒絕當伴娘，但廖伯父認為 Julia 生了一個兒子，必會給廖家一個男孩的福氣。

Julia 安慰晉弟：「妳自己是醫生，身子是妳的，長在妳身上，妳可以控制何時要生，一年、兩年是妳的權利。」晉弟突然放聲大哭，淒厲又震耳。「梅，我先生有女人了。」Julia 在電話另一頭張著嘴說不出話來：「妳確定嗎？」晉弟回答：「我先生用信用卡買了三個昂貴的珠寶，可是我卻沒有收到任何珠寶。」Julia 溫柔的問：「晉弟，妳是否與妳先生談過？妳又如何向妳父親啟齒他有女人？」「我想離婚。」Julia 不知所措，勸道：「晉弟，不要衝動，妳先生姓廖，是妳廖家的人，他有權利擁有廖家財產。」晉弟停止哭泣了，Julia 可以由電話中感覺到晉弟那份堅強，「梅子，我已見過一個律師，他告訴我，因為我先生是入婿，姓廖，如今掌握父親在臺中的布店，接著有女人，這兩年的婚姻是預謀的，很可能會淨身出局。」Julia 告訴晉弟：「也許妳先生婚姻企圖不正，可是妳父親到死都不會讓妳離婚。」晉弟更堅決的說：「梅子，這不是古時候，我也不是生孩子的機器，我忍受了兩年，完成我父親的要求，如果不離婚，父親的布店將完全失去！」Julia 及晉弟二人均沉默了，過了許久，Julia 建議廖至美國來度假再談。

自一九九九年，美國總統驚爆與白宮實習生性關係之醜聞，柯林頓染上了白髮，卻將美國經濟帶入最佳狀態，如此不堪的性關係也就將美國的羞辱帶入尾聲。日本在數次地震後經濟一落千丈，中國大陸進入了聯合國，那切斷傳統鎖鍊的文化大革命已走遠，中國開始一座橋、一座屋的重新建設，不知那一個經濟學家奇蹟的發明了一個家只准合法生一個小孩，這種制度讓由家庭開始成長的經濟能力不容忽視，也使中國驕傲的再次走向世界的舞臺。希特勒的恐怖主義瓦解，西柏林與東柏林兄弟握手言好，蘇俄的共產主義已走向社會主義，他們的總理是由人民半選而出，百年共產制度下的老百姓終於在冰雪中嘗到陽光的滋味，一切都變得更好。此時，美國出現了一個任性的總統——布希，他展開了美國與伊拉克的戰爭，使美國經濟陷入了冰雪困境。

風雨交加的天氣，在加州是少見的，Julia 與 Sean 由夏威夷回到加州 Sean 二房一廳的小屋（Condo），Julia 用兩個小時清理滿屋的灰塵，卻被 Sean 嘰笑她想表現自己可以成為一個好太太，Julia 沒有理會 Sean 的嘲笑，她到附近商店買了新的床單及枕頭套。晚餐時，

Sean放了一個小水桶在飯桌邊，Julia問原因，Sean笑了：「因為要接屋頂漏下的雨。」第二天早上Sean出門去法院，Julia打電話請附近一個日本工人來修屋頂，由於尚下小雨，工人要價一千七百元，只換了三片瓦。

Sean由法院歸來晚餐，沒有見到小水桶，他走到窗邊看著窗外的大雨傾盆，他認真的問Julia：「親愛的，這屋頂為何不漏雨了？」Julia解釋自己找工人修好了，Sean瞪大眼睛問：「妳付了多少錢？」Julia結巴的回答：「一千七百元。」Sean竟對著Julia大吼：「我知道妳比我富有，我愛的是妳的人，不是妳的錢！」Julia驚嚇的退了一步，看著Sean漲紅臉及握拳頭的樣子，像極了粗暴的大可之父親。Julia在雨中走出了Sean的Condo，開車去美的姑姑家接大可，回到舊金山自己的家，她看到了Sean的車子停在門口，大可奔向Sean，欣喜的接了Sean的大盒巧克力糖。

晉弟第一次到美國，攜帶了過多的肉乾及食物，在海關被扣了兩個小時，所有肉類、年糕全沒收了，不過這種掃興並沒有維持太久。當晚，美由猶他州也來到舊金山Julia的家中，晚餐後，大可已入睡，Julia從自己臥房中拿了三個小首飾盒到五個榻榻米大的日式書房，晉弟看到Julia的書房不禁大叫：「梅子，妳怎麼可能在美國買到榻榻米？」Julia的嘴角向上彎：「在美國，只要有錢，什麼東西都可以買到。」當大家坐下後，Julia將一個黑絨布小首飾盒推到晉弟面前，晉弟不解的問：「為什麼？這是什麼？」Julia用手阻止她發問：「打開它，晉弟。」接著將二個深藍絨布小首飾盒推到美的面前：「美，這二付鑽石耳環，形式不一樣，妳選其中一付，我留下另一付。」晉弟及美急忙打開手飾盒，晉弟大叫：「梅子，這首飾好美！」美也大聲叫著：「梅子的眼光總是第一流的！」Julia 站了起來，為她們再加上熱茶：「去年開始，我贏一個案子就會獎賞自己一個小首飾，如此不用等待男士的珠寶，當然 Jean Austen 小說中的 Mr. Darcy 也絕不會騎馬來接一個已婚女人去古堡中過生活。」接著 Julia 對著晉弟說：「晉弟，妳不要為先生買珠寶給外面女人而傷心，」又轉身拉著美的手：「美，妳小產大量失血，而 Jim 到如今尚沒有送過一付首飾給妳，我買珠寶的原因是我們要學習愛自己，我們都快三十四歲了，有自己的事業，不論今後離婚、結婚，都要活得有尊嚴。」

兩個好友在大可清脆的笑聲中醒來，早餐後，Julia 拿了兩本書給晉弟，一本 Robin Cook，另一本是 Michael Crichton，晉弟說：「梅子，我只讀一些英文醫學雜誌，不太看英文小說。」Julia 告訴晉弟：「這兩個作家都學醫的，但是使他們揚名發財的卻是他們的小說。」第三天美及晉弟回猶他州，晉弟不敢相信自己是美國一個酒店的股東，晉弟一眼就愛上了那淡綠色的建築，那屬於自己的連鎖店。

Julia的父親病危，Julia將公司一個大案子處理好後，向公司要求兩個星期的假期回臺灣，並期望將母親骨灰帶回日本（那是母親的願望）。大可剛好小學畢業了，十二歲的大可只見過外祖父二次，這次興奮的告訴他所有同學，他要回臺灣去見戰場英雄。

當Julia計劃回臺灣時，Sean拿了一個案子與Julia商討，Sean對Julia說：「這是個極好的案子，我要告的人非常有錢。」Julia看了案子說：「有錢的人不是呆子，他們可能有好的律師。」Sean極不高興Julia的反應，又訴說：「那有錢人將一個黑婦人推倒，黑婦人鼻子有血痕。」Julia問Sean：「黑婦人是否有到醫院照X光？」Sean回答沒有，因為沒錢，找不到願打官司的律師，終於找到了善心的Sean來接這個案子。

Julia了解Sean是一個有極大同情心的律師，專門接一些賠錢的案子（因客人常不付錢），Julia告訴Sean應該向房東和解，因為Julia認為這不是一個好的案子，因為這黑婦人超過三個月不付錢，當她回屋拿行李時被房東抓到，兩人爭吵中，房東推了她一把，她跌倒在地上。Sean很不悅的說：「Julia，妳總是潑我冷水，這個房東是白人，有十幾棟房產，而這個黑婦人領救濟金又帶一個五歲的兒子，妳為何沒有同情心？」Julia回答：「這不是同情與不同情的問題，而是這黑婦人已理虧，任何房東兩個月收不到房租就會上法院趕房客，我也曾幹過這種趕人的案件，這黑婦人三個月不付房租，又不肯將自己的家當搬出去，老是躲著房東，而在半夜回來，太不合法了！」Sean開始與Julia辯論：「舊金山的居民裡，房東只占百分之廿五，而房客卻占百分之七十五，我要打個大官司。」Sean 說完，Julia 沉默了。

最後 Sean 決定照 Julia 的建議去和解，Sean 去與房東和解時，房東尚未找到律師，很不情願的提出三萬美金給黑婦人，五千美金賠律師。Sean 回到 Julia 的家中告知和解結果，並表示這個有錢人太可惡，Sean 提出的十萬元被房東拒絕，這有錢人的車子都不只十萬美金，Julia 低聲忍耐的告訴 Sean：「Sean，請相信我，這個三萬元加上五千元的律師賠償是可以接受的，第一，你沒有醫院證明，只有黑婦的一張照片；第二，三萬美金也許可以買黑女人的三個鼻子；第三，這個房東尚未有自己的律師，所以他才出價三萬元，如果他有律師，你可能更難拿到錢。」Sean 非常憤怒地離開 Julia 的家，他告訴 Julia 他會打官司拿到十萬元給 Julia 看。

Julia 回到臺灣的第三天，父親過世了，在父親過世以前曾告訴 Julia：「小梅，我欠你母親的一生沒辦法還清，我讓她在臺灣受侮辱及受苦，我太過於自私，請將母親及我的骨灰一起帶到你外祖父母日本的家鄉祭拜，我希望下輩子能在日本與你母親再相見、相知、相愛，父親走了。」Julia 知道是母親的早逝影響父親的健康，她知道父親終於相信了母親的輪迴論，她多麼期望來生能做母親的女兒，雖然苦過，但是回憶中與母親的生活卻甜蜜而又溫馨。

Julia到了日本的第三天接到太郎的電話，原來太郎在處理一個奇怪的案子，有關一頭母牛及二頭出生的牛崽的所有權問題。太郎的被告人——樣的家中母牛生了兩頭腦大又聰明的小牛，樣家只有老父與十七歲的兒子，老父已去世十個月；鄰居的牛老闆擁有百畝農地和大量的牛群，牛老闆喜愛兩頭新小牛活力十足的樣子，想向樣的十七歲兒子購買這兩頭小牛，樣的兒子說：「父親去世以前說過，家中出生的小牛要用心對待，絕不出售。」牛老闆加價甚至願連母牛一起買，樣的兒子還是不肯賣，牛老闆告到法院，他陳述：一年前，樣老頭半夜偷他家公牛回家與母牛交配，所以這二隻小牛應屬他的。樣的老父在太郎家工作二十幾年，這母牛也曾借到太郎家中耕作農田，所以太郎義不容辭的管下這個案子，誰知案子總丟到半空中，因為樣的父親在母牛懷孕一個多月時就去世，導致這個案子模糊又說不清楚。

Julia翻了資料，建議太郎用刑事法來處理，她要太郎到京都大城市中的大醫院找最好的研究員到鄉下來給兩頭小牛做DNA的驗血調查。這個案子引起幾個城市的農田主人們的注意，他們搶買報紙及看電視，Julia與太郎同站在法院中對抗牛老闆的律師，經過三天的審辯，大出意外的，法官宣布樣兒家的牛不屬於牛老闆，因為兩頭新小牛DNA中沒有牛老闆家中任何公牛的血統，且兩隻小牛都有著奇怪的眼睛，一隻白、一隻黑，而太郎家老僱工樣活著的時候眼睛也是一隻白、一隻黑。

日本的官司贏了，Julia的名氣引起一個要到美國投資的日本商人注意，他約見了

Julia，希望Julia能為他在美國新投資的近千萬美金的精神養老院（Mental Care Home）當顧問，Julia答應了。

Julia由日本打電話給Sean連著兩天沒有回音，開始著急起來，最後在上飛機前打電話給美的姑姑，請姑姑到舊金山機場接機。Julia下了飛機，上了姑姑的車，向姑姑借手機打給Sean也沒回音，打給Sean的好友Tim，電話通了，Tim說Sean並不在他家，Julia著急的問：「Sean沒有出事吧？」Tim停了一下，似乎被Julia的關心語氣感動了，沉默半分鐘，Tim要Julia等一下，Sean接電話了，「哈囉！」Julia聽出來那是Sean的聲音：「哈囉，Sean我是梅子。」呼吸聲極重，Sean沒出聲，接著Sean用不友善的聲音說：「梅子，我必須要與妳分手。」Julia呆住了，沒有叫她親愛的？要分手？

「Sean，我們分開才幾個禮拜，你有女人了嗎？」Sean突然大吼：「我沒女人，我們必須分手，妳總是對，妳總比我聰明，妳又比我有錢，分手吧！」電話掛斷了，Julia想起來了那黑婦人的官司，她再次打電話給Sean，他很快的接起，冷冷的：「哈囉！」「Sean你的官司輸了嗎？」Sean用極大的肺活量吼著：「是的，我輸了官司，一批王八蛋的白人裁判員，只有兩個黑人，法院的判決只有兩千元，而且沒有律師費，如今黑婦人告訴我她要告我，因為我打輸官司了！妳滿意了嗎？我又輸了！」電話又被掛掉，姑姑問Julia：「怎麼會輸得這麼慘？」Julia告訴姑姑：「法官不喜歡一個小傷案件給三萬美元賠償金，Sean

卻不和解，打官司白花納稅人的錢。」後來，Julia 接到 Sean 的電話，他正在往 Julia 家中的路上，並告訴 Julia，他尚欠法院打字的錢及手續費用超過三千美金。

美在猶他州旅館的生意陸續發生奇怪的現象，一個月中有兩個大團隊取消訂房，又有兩個員工在雪中工作受傷，另有客人在會議上吐白沫，這些事使美幾乎崩潰；當她的經理要辭去工作，而 Jim 還在曼谷尚未完成離婚手續時，美打電話告訴 Julia，她要在 Jim 回來以前賣掉旅館，Julia 告訴美，她已賺了三年了，一時的不順應可以忍耐，時間可讓幸運回來的，美很堅決的說：「不可能，Jim 告訴我，他的前妻在曼谷對我下了降頭，所以我才會小產，她前妻生不出孩子，非常忌妒我的懷孕，如今我們旅館一連串的出事，我想是她前妻所做的巫術。」Julia 不敢相信擁有碩士學位的美說出如此迷信的話，她又再勸：「美，妳又沒見過 Jim 的前妻！」美很快切斷 Julia 的話：「Jim 曾在曼谷看到她前妻在我和旅館的照片上插針。」Julia 沉默了，這可是一個比太郎更棘手的故事，法律上還沒先進到可以對陰間及太空控訴；Julia 建議美製作幾個大型廣告去拍賣旅館，並告訴美要做一份有關 B&L Statement 的資料。

天算不如人算，晉弟的父親在晉弟出國時發現布店的帳有問題，接著又在臺中一家百貨公司看到女婿摟著一個妖豔的女人；他雖然要孫子，更愛自己的女兒，於是找了律師幫晉弟辦離婚，果然正如 Julia 所料，晉弟的先生要求兩間店，不過官司只打了不到兩個月，晉弟父親只付了一年的薪水就把晉弟的婚離了。晉弟自由了，晉弟的父親說如果晉弟不再婚沒關係，因晉弟的兩歲女兒已有四歲小孩的身高，將來可以招到更好、更優秀的孫女婿。

Julia 第二次向保險公司辭職，日本喜太老闆給的條件讓 Julia 無法拒絕，尤其先付二十萬美金的佣金。Julia 與日本老闆簽下了合同，並替他順利拿到精神病院合同，且由原價一千兩百萬美元談到了八百萬美元。合約中，Julia 是病院律師及監督，每月領八千元薪水，如五年後滿，Julia 可另得超出九百萬的百分之五的紅利。

賽・路易市皮斯堡是個安靜的城市，Julia 就職後，馬上與政府的 Mental Dept 連絡，讓原本只有一百二十床的病院，加蓋了幾乎一倍，成了一百九十個床位，其中七十個床位是給政府送來的病人，收價少私人病床一半，但每週會議都有些政府有執照的精神科醫生們免費來開會。每週議程有四天共八組的病人應診，Dr. Cannell 及 Dr. Thronhill 是最有愛心的，他們是政府的醫生，卻為精神病人盡了最令人尊敬的醫德。

Julia 的日本喜太老闆省下了醫生們的費用及每月零支出的費用，病院申請了五個執照護士、十個助理護士、三個大廚子及四個臨時半天的司機以及二個經理。Julia 沒有心情去管 Sean 的忌妒，此時 Sean 賞了一個白人建築師耳光，因為那時病院已幾乎建築完成，而這個建築師與Julia正低頭在研究要多建七十個床位的圖，Sean突然出現，看到兩人低頭在說話，Sean已經兩週連絡不到Julia，怒火沖天的認為一切都是這個建築師的錯，那一耳光打在建築師的臉上，卻痛到建築師太太的心裡，非要告病院，Julia一再的道歉，並自掏腰包的付了兩千元美金賠償建築師太太。這次耳光事件使Julia真正寒心的與Sean分手，Sean再次道歉並保證不再動粗，但Julia的心意已決，她將大可換到私立學校，美及美的姑姑極早就勸Julia將大可送到私人學校，可是Julia不願大可被寵壞，何況，Julia自己年輕時，一直都在公立學校就學；但是，每當看到自己兒子青一塊、紅一塊時心疼不已，如今鬆了一口氣，送入私立中學並可住校，不用擔心大可的飲食問題，一舉兩得，Julia覺得自己可分出更多的時間給那七十個政府的窮病人。

每個星期二，Julia總是準備近三十個病人將那一週最嚴重的行為失常資料與幾位精神科醫生討論，病院參加的有五位護士及二位經理，整個會議的大綱（Agenda）由Julia訂下研討並決定病人人數。一般的私人病人情況較為輕，痴呆者多於精神病患者，少數私人病人中有些是名運動員，因打球撞傷腦子，或是大型企業的兒子、議員們子孫的案件，付得起昂貴的費用。Julia總是每晚查勤及問話，確定病人的病況沒有被忽略，二個經理輪流陪Julia巡訪病人房間，每當經過大浴室時（大浴室可容納三個浴盆及沖澡控制機器），常見到某個衣裳整齊的人對著牆壁大聲辯論，那是政府送來的窮病人，他們只要有煙可以抽，就覺得是天堂。多少次 Julia 經過病房看到病人將一些明星及歌星的照片倒貼在牆上，Julia 會溫柔的將明星的臉扶正再貼上，可愛的 John 總是對 Julia 說：「我太太也喜歡妳！」Julia 看著牆上 Madonna 的照片說：「妳太太實在很漂亮！」然後微笑的走出 John 的病房。

幾個特殊的病人引起 Julia 特別注意，其中一個是私人病床的大衛，他原來是個醫生，因開刀使一位病人致死，大衛被告而失去了大部分的銀行存款，吞藥自殺，幸運的是被父母發現的早，但洗胃完，腦子已受傷，他每到半夜總大喊：「我沒有殺你！」大衛父母是退休的政治人物，告訴 Julia，大衛有兩個孩子，大衛妻子在大衛入住病院半年後也辦了離婚，但，她並沒有將一對雙胞胎帶走，因為大衛父母的請求，她將雙胞胎留給他們，並仁慈的放棄了曾與大衛同住的房子，那個房子的租金足夠大衛付病院的費用。大衛有百分之二十的時間是清醒的，當他正常時，常彈吉他、唱歌，Julia 也注意到大衛每天早上吃完護士發的藥時最正常，甚至自願協助男助理護士催一些男病人洗澡；Julia 總是安排大衛的雙胞胎孩子在早上與父親見面，大衛會彈吉他給孩子聽，孩子認為父親是重要的醫生，因此不能回家，五歲的他們對父親是親善而驕傲的。

艾琳娜皮膚雪白，稀疏金髮貼在頭頂，初識時，會以為她已過了三十歲，而她的實際年齡才十九歲。她九歲時，有天放學等母親等到了晚上七點，在學校的操場上睡著了，結果被一群男孩輪姦；艾琳娜的母親相當自責，兩年後自殺了。艾琳娜有受捐贈的基金，她把

Julia 當成母親，而自己是個韓國士兵，一再重覆母親失蹤了，她必須去戰場上救母親，每次去見 Dr. Brown，就重覆說著自己正在韓戰上，Dr. Brown 回答她：「妳的韓國軍服該換新的了。」艾琳娜總是一付恍然大悟的樣子：「對了，我不喜歡我的軍服是白色，我喜歡黑色的軍服。」Julia 問了 Dr. Brown，強姦艾琳娜者是否都是韓國人？Dr. Brown 說不能確定，但能確定是一群人；Julia 向 Dr. Brown 報告，艾琳娜常在自己房中對著牆壁又踢又打並大吼，吼的不是英文，也不是中、日文，而是韓語。

Steve 是政府 Mental Dept 送來的病人，頭經常痛及鬱悶，他毛病嚴重，有膽固醇及糖尿病，半夜大叫的聲音極尖銳而影響到其他的病人，Julia 的經理提議趕他回 Mental Dept 去，但 Julia 不忍心，Steve 很有寫詩及畫人像的天分，病歷上沒有家人資料，也沒有人來拜訪他，Julia 查了十年前另一個醫院資料時，得到一個信息，原來他是一個貴族的後代，卻遺傳祖父的神經病（Steve 父親自殺十幾次後被送到 Mental Hospital），醫院資料顯示家中的人不願見他，從十年前就沒見過面了；Julia 心中太好奇，Steve 他對家人的名字、特徵、愛好全能倒背如流。有一晚，Julia 到了 Steve 房間，他正在畫林肯的畫像，Julia 對他的天分感到驚奇：「Steve 你看過林肯嗎？你有他的照片嗎？」他很自然的回答：「我父親有他的照片，父親總說他是個偉人，要我學習林肯去解放黑奴。」Julia 看著二十八歲的 Steve 有著八歲兒童的眼神。Julia 帶著溼潤的眼睛回到辦公室，剛坐下，Steve 就衝進來：「我要見我家人，我要見我爸爸，告訴他，我已變成了林肯了！」Julia 不忍心的說：「我沒有你家人的資料及電話。」Steve 跳起來，大叫：「我有我父親私人電話！」他開始動手亂撥 Julia 桌上的電話，接著，Steve 開始大叫：「為什麼我的電話總是接不通？」Julia 看著 Steve 漲紅的臉，太好奇了，十幾年了？Steve 沒有撥通父親的電話？為什麼他記得他父親的電話？而且堅信這電話號碼是對的？

Julia 終於不能忍受 Steve 那烈火般對家人的思念，Julia 撥了外線代碼後把話筒遞給了 Steve 並說：「打你父親的電話號碼。」Steve 搶過話筒，接通了，他大喊著：「我是 Steve，我在聖路易斯皮斯堡市，我在 Julia 的辦公室，她是我們病院的天使，她去年給生日蛋糕，今年又要辦耶誕晚會，如果家人不來，我會太丟人了！」接著突然大喊聲沒有了！Julia 看到 Steve 的臉上出現痛苦表情，剎那間，Steve 發出他有名的肺活量大吼聲對著話筒：「Fuck! Fuck! 我們全家人都是魔鬼，上帝會毀滅你們！」話筒被 Steve 用力摔下，然後他踢開了 Julia 的辦公大門跑走了。

Julia 全身冰冷的坐著，有種椎心之痛，去年 Julia 舉辦的聯歡晚會，私人病床只有一半的人參加，政府病房則沒有人來，今年，Julia 用極動人的邀請函，尤其針對政府床，她成功了，大家興奮的邀請家人參加，至少私人病房有百分七十的親友來參加，政府的病人有百分之二十的家人已電話告知要來參加晚會。Julia 極為感謝 Dr. Gannell 去年及今年均為了鼓勵病人而來參加，六呎四吋的 Dr. Gannell 是個善心的醫生，去年，Steve 一個人在自己病床上拒絕晚餐，並將自己用皮帶綁住了腳躺在病床上，Dr. Cannell 告訴 Julia，所有病人的病歷要注意，如果他打 X 的病人不能有皮帶在該病房。

Julia 的電話響起，是護士打來：「武律師，Steve 的家人來電話，妳是否要接他們電話？」Julia 不敢相信的說：「快接過來。」是 Steve 祖母打來的，她用捲舌的英文告訴 Julia 她會來參加耶誕晚會，Julia 流淚了，告訴她 Steve 極有天分，祖母靜靜的聽 Julia 的報告，接著她給了 Julia 她的電話，並說三天以後在晚會見面。當天晚會開始前，三輛 Limousine 貴賓車載了 Steve 家十九個成員出現；那晚，Julia 收到 Steve 祖母送的鮮花，也得知 Steve 的祖父及父親均去世了，但是，他們留給 Steve 一筆可觀的財產。

Bill 是個大個子，長相粗大，因為沒牙齒，吃東西總是用吞的，雖然醫生們有指示他只能吃稀軟的東西，可是，那不夠他的食量，他總是半夜偷拿麵包到房間偷吃。一個炎熱的中午，大家正為 Brace 慶生，Bill 突然被食物噎住倒地，滿臉漲得又紅又紫，送食物的廚子大叫，滿屋的病人尖叫成一團，曾是醫生的大衛是唯一冷靜的病人，他和廚子兩人合力將 Bill 雙腳捉起倒立抖動，大衛並用手指往 Bill 的喉嚨中挖出食物又壓胸。當 Julia 趕到了餐廳，Bill 淚汪汪的告訴 Julia：「我已去見過上帝了！」Julia 與 Dr. Cannell 開了緊急會議，Dr. Cannell 很難受的說：「兩年前，有個病人在我們醫院因噎食而死亡，可是，Mental Dept 沒有經費付病人的牙醫費用，私人家床的病人則自己付費用，政府的病人中，牙齒有問題的不只有Bill，幾乎百分之八十的病人牙齒有蛀蟲、疼痛等問題，也不敢再拔牙，否則沒牙齒就要噎死人。」Julia不能接受Dr. Cannell報告的事實，她親自打電話給聖市的幾個牙醫，答案是顯然的，牙醫可以給政府病人打折扣，但沒有一家有政府福利的。

Julia打電話給在日本的老闆喜太，答案是把Bill送回Mental Dept。Julia一夜未眠，Bill淚眼汪汪的臉糾纏了一夜，半夜她爬起來給州長寫信，幾天後，州政府的州長祕書Barbara給Julia回了電話：「目前正在交換加州州長之際，是否可等新的州長來辦這事？」Julia的憂愁擴大了，精神院中政府病人中有七個人沒有一顆牙齒，另外有二十三個病人牙齒是被蛀蟲整得不得不半夜尖叫。Julia的煩惱已傳染給晉弟，晉弟在電話中告訴Julia，臺灣的牙醫儀器較便宜，她願捐助百分之三十之資金協助這些有牙齒問題的病人；Julia的日本老闆沒有拒絕買儀器，因為買下儀器是屬於病院的，可是沒有完全答應支付剩下的百分之七十資金，喜太老闆極為不高興的問：「誰出運費？」

Julia煩惱的又寫信給新州長，並表示病院已訂下儀器，希望能獲得州長資助，州長有些感動，他送了加州牙醫總長Dr. Noel前來精神病院，Dr. Noel的到來帶動另外八個地區的牙醫們一起來開會。Dr. Noel待了二天，可是病院看牙醫的病人由政府病人增加到私人病床的病人，州長給牙醫們的津貼加上牙醫們的折扣（一共有八十幾個病人），八個醫生們搶著來病院看牙齒，並且一再稱讚臺灣的牙醫儀器比美國先進。Julia覺得自己很幸運有晉弟這麼好的朋友協助，及不少的病院醫生們，Dr. Cannell，及Evan Grown（TMHA）的善心如天使般的協助，看著病人笑開懷的展示新牙給Julia瞧時，Julia幾乎落淚了，唯一令Julia受傷的是日本喜太老闆的冷酷。

美在小產後，決定賣掉這個八十三房的旅館，三年多的吉普賽人生活該結束了。經過Julia的合同，晉弟及美兩人終於在加州那帕市買了另一個只有三十九個房間的小酒店，猶他州的旅館賣完後賺了九十萬元美金，美又回到姑姑的懷抱，美告訴姑姑：「我總算甩掉了Jim。」

Julia每週在聖市的圖書館逗留幾天，第一年與護士們同住宿舍，那是一個可怕的經驗，十幾個女人窩如戰場，Julia必須教育她們基本生活習慣，像是如廁要關門，洗完澡自己的髒衣服必須清理到自己房間，電視、音響的聲音不要吵到他人……。太多的不愉快使Julia覺得自己應該要有一份主管的隱私權，因此她買了一個二房一廳的小屋，這樣大可來時，也不用擠在一群女人堆中。

聖市有個泰國餐館，Julia走進去，又見到那個捲髮、皮膚慘白的人排在自己後面，中等身材，表情文雅，像蘇俄人，卻沒有馬靴的霸氣，Julia知道這個男人盯自己有一段時間了，是圖書館中一個膽小的追求者，Julia對他笑了一笑，他居然開口了：「我是否可以與妳同桌晚餐？」Julia點頭同意了，晚餐中，這捲髮的人自我介紹，他叫尼克，是蘇俄人，原來是在華盛頓蘇俄大使館工作，去年開始為一家私人大型化妝品做研究，新上市的產品研究室在聖市，它的總公司在舊金山，當Julia說她家也在舊金山時，他興奮的眼睛發亮。

尼克出生在蘇俄的一個小鄉村，母親是護士，父親是個軍人，他神祕的笑容使原本嚴肅的面孔柔和多了。尼克見了Julia兩次，兩次都送了有關精神科醫學的新書，Julia喜歡聽他談他母親的事。一年後，大可十五歲從初中畢業，Julia帶著大可去旅行，大可喜歡歐洲的歷史，尤其對羅馬的歷史最有興趣，他認為凱撒被暗殺得很慘，很想去造訪他的墓；雖然Julia告訴大可那些嫉妒凱撒的人並沒有給他一個像樣的墓，但是大可崇拜他。Julia訂的是七國的旅遊共十三天行程，上飛機時竟發覺尼克也在飛機上，更令Julia吃驚的是，原來是大可告訴尼克Julia訂機票的旅行社電話號碼。

羅馬的旅行使大可失望，歷史中的古歐洲建築還維持完好，由導遊驕傲的介紹著，遊客瘋狂的購物，巴黎鐵塔及羅浮宮的雕像來不及看完，旅行團的催促，使得Julia及大可無法睡得安穩。Julia極為疲倦的想起與美及姑姑的亞洲行時的自由及隨性，她向大可道歉。沒看到東西柏林的牆，極令大可遺憾。

《雙城記》中狄更生時代的黑暗與二十一世紀的災難是不同的，大自然的狂暴帶給人類嚴重的傷害；二十一世紀的今天，全球經濟進入黑暗期，歐盟的代價，使德、法、英幾個大國不停的開會，不停的緊張，聯合國也捲入其中，希臘、西班牙百分之五十五的失業率，中東國家每日都醞釀著民權運動，埃及及敘利亞等國血流成河、河山破裂，當然，義大利古羅馬的威風日落山下，經濟的衰落正如大可見到的街市道路的灰土，而伊朗及北韓頑皮又可惡的製造核武。Julia 不停的為亞洲雜誌寫一些報導，尼克來電話想請 Julia 吃晚餐，Julia 拒絕了，因為一年的交往以來，晚餐的決定常使 Julia 的胃隱隱發痛，Julia 尊重尼克的節省，但是，來自共產國的尼克常於晚餐後抱怨 Julia 的浪費，浪費？餐館太貴？吃一餐飯的金額在蘇俄可付一連士兵的晚餐，問題是 Julia 不在蘇俄，更何況每頓晚餐費用是由 Julia 付費，尼克使 Julia 感覺享受有如犯罪。Julia 想到尼克智商高、長相溫和，但不懂愛？可能不能愛？為何纏住自己？Julia 極煩的打開電視新聞，新聞中的法國總統薩柯奇宣布連任，連任？法國老百姓要他認罪道歉下臺（為經濟的衰退負責），而他卻認為自己是個法國船長，他神聖的認為自己不能棄船而去；希臘將被趕出歐盟區，德、芬、荷等國認為希臘的債務是個無底洞，信用破產，新政府上臺不認帳，雅典憲法廣場一夕之間成了大戰場。

天尚未亮，美的電話將 Julia 吵醒，美的加州酒店接到勞工局的控訴，Julia 心中不樂，早告訴過美，加州與猶他州對員工的法律不一樣，她警告過美，加州的員工很有能力利用勞工法的漏洞，美毫不緊張的說：「我懂得給員工加薪，不會有麻煩！」Julia 見到的美又瘦了，瘦得見骨了，美將整個案子告訴了 Julia，最令 Julia 心痛的是案子已經打輸了，美上訴過又輸了，Julia 心疼的問：「為什麼全打輸了才打電話給我？」美沒有回答，只有流淚：「我恨透了歐巴馬。」

Tyler King是個高大的黑人員工，也是美第一個站櫃檯的黑人員工，美對櫃檯員工的形象一向要求很高，要求男員工要六呎以上，且一律任用白人及歐洲人（巴西、丹麥）女員工，皮膚白又婀娜多姿，如此陣仗是為了接待歐洲那些到那帕市買酒的客人。為何會破例用一個黑人員工？美的回答是：「他高大、英俊，皮膚不是全黑。」加上他曾在同一個連鎖酒店工作了兩年，美的一個員工到紐約奔母喪，本應在一週後回來，卻連三週沒有音訊，其他員工已受不了一直加班來代請假員工的班，因此當這名黑人員工Tyler King來應徵時，美很快的任用了他，一部分也是因為他是五個孩子的父親。

Tyler King排值半夜班，由晚上十一時至早上七時，上工不到一週，有個員工向美報告他看到Tyler King在政府的文件上冒簽美的名字，並用酒店的複印機複印寄出，卻將原稿遺忘在複印機上。美與Tyler會談，他抱歉的說他申請Section 8是給低收入（必須要有工作的免費房子，他有五個孩子要大的房子），美認為就算Tyler來求美簽字，她會簽的，她告訴他不能再冒簽老闆的名字。

兩週以後，美在半夜十一點半接到晚間班的員工來電話說Tyler遲到了半個鐘頭，打電話到酒店說他女兒生病，不能上半夜班，美緊張的到了酒店，不停打電話給Tyler，結果留了三次留言卻沒回音，美那天早上七時就到酒店，加上為Tyler代的半夜班，一共工作了二十四小時，早上其他員工來接班時，美的鼻血已不停流出，她回去姑姑家中關了電話睡到下午。第二天，Tyler 沒有班，美一直打電話給 Tyler，擔心他隔天又要請假，Tyler 沒接電話，第三天，Tyler 晚了二十分鐘來上班，當美知道他來上班了，終於能安心的睡了，不用再吃安眠藥。

第三週了，Tyler 上了兩班後留了一張紙條說要與妻子到夏威夷度假七天，美打電話問 Tyler 是否可以出示機票？Tyler 沒有回音，卻由他的妻子來領薪水，美是一個月發兩次薪水，當員工告訴美 Tyler 妻子到酒店領支票的消息時，美放下吃一半的午餐衝到酒店時，Tyler 妻子已離去，美不理解，他及妻子應在夏威夷？為何出現在加州？後來美明智的請另一個酒店老闆幫忙尋找新員工來值一週七天的半夜班，薪水雙倍。

第七天，Tyler 又回酒店上班，晚上十一點半，晚班員工雷來電告訴美 Tyler 打電話到酒店要求請假一天，因為她女兒病了。雷是巴西來的，半工半讀歷史系的大學生，與美相處溫馨，美常在辦公室待到晚上七點或八點，而雷是下午三點到半夜十一點的班，雷在電話中安慰美不用操心，他可以加班多做八小時，美忍不住哭出來：「我給你加班費。」雷經常在上班時向美請教一些亞洲歷史問題，他考試得A時，美就會買晚餐到酒店給他吃。Julia 曾問美到哪找到如此漂亮的巴西小伙子來上班？美驕傲的說：「他是我第一個面試的，也是第一個員工，尚有兩年畢業。」雷買了一部二手車的頭款是向美借的，由工資中扣款，美知道雷需要生活費，所以加班費給了雙倍。

美不停的打電話給 Tyler，雖然雷為他代班，但是美要知道已過八天沒上班的他到底會不會再來上班？兩個電話留言後，美知道 Tyler 在玩弄她，美終於在電話中留言：「你被 Fire 了，不用再來上班了。」美打完那個電話後極為輕鬆，士可殺不可辱的感覺真好。

在 Tyler 被辭後五天，美接到由勞工局（Labor Dept）打來的電話，問美是否辭掉 Tyler，美開始解釋，電話那頭的人安靜的聽完，然後只問：「是妳將 Tyler 辭去的嗎？」「是的，他太可惡了！」勞工局的員工說他們將寄一封信函給美，電話掛了，美有信心，她將 Tyler 全部資料準備好，告訴自己不管是天堂或地獄，都要陪 Tyler 走一遭。

兩週以後，一個陰雨綿綿的早上八點，美已在勞工局的辦公室見到 Tyler 及他的妻子，一個穿軍服的黑皮膚女子，美忍不住的問 Tyler：「妳的妻子是軍人？」Tyler 用殘忍的笑容說：「她曾經是，她已經受傷五年多了，不再回軍營。」進了勞工局，一個五十幾歲的拐杖人士代表勞工局的員工開始看美的文件，美一再申訴 Tyler 欺騙她說女兒生病，而勞工局代表嚴肅的說 Tyler 的運氣不好，五個女兒有兩個生病是很正常的現象，並且其中一個女兒有醫生證明是感冒，美看了醫生證明，呆了一下；接著，勞工局介紹 Tyler 的妻子是為國爭戰的女軍人，又有五個小孩要照顧，如今妻子受傷，孩子生病只能在家照顧，美辯道，他們不上班去夏威夷度假，答案是 Tyler 的祖母在夏威夷去世，他們開車去洛山磯弔喪；美極力表示 Tyler 才上班一個多月，卻不停請假，勞工局的員工不高興了：「妳是什麼樣的僱主？員工孩子生病，妳一點同情心也沒有？」美極為沮喪的結束那場會議。

美收到勞工局的判決——酒店輸了，Tyler合法領失業救濟金（美國僱主要付一半的失業救濟金），更可怕的是勞工局要美再去接受另一個Tyler的控訴，Tyler控告美沒有給他晚餐時間（八個小時卻包括晚餐），美打電話問了所有酒店鄰居的總經理，答案是每一個酒店員工工作八小時，但要員工簽字同意晚餐必須在沒有客人時自行解決。美沒讓Tyler簽過這同意書，美是一個有五年經驗的老闆，沒聽過有員工簽這種同意書。

美不甘心，帶著雷當證人一同去勞工局上訴第二個案子；開庭以前，美要求看Tyler的記錄，在記錄檔案中發現Tyler有超過八次領救濟金的記錄，一個三十三歲的男子永遠因女兒生病而領失業救濟金？官司結束，勞工局告訴美，這是最後一次上訴，並問美是否可以付出三千八百元彌補Tyler的晚餐時間？美看了報告，糾正那五週的時間不對，因他有一週沒上班，勞工局員工慢慢的告訴美，那五週內Tyler沒有被Fire掉，所以他是合法的員工，可以領合法的晚餐工作費用津貼，美沉默，心痛著，看著Tyler的微笑，勞工局員工開口問：「Tyler，你是否願意和解？」Tyler揚起頭想了一下說：「我可以和解，三千兩百元。」勞工局員工頭轉向美：「妳有意見嗎？」美含著眼淚沒說話，雷突然說：「這太不公平了，應該再少些，Tyler的確有一週沒有工作。」那勞工局的員工看了看雷，再將頭轉向Tyler：「你是否仁慈一些？三千元如何？」Tyler說：「我要問我妻子。」Tyler出去門外，兩分鐘回來後表示他的妻子允許三千元的賠款，但要一次付清；美簽了字，同意兩週以內必須寄出三千元給 Tyler，否則要加利息。當美及雷走到停車場時，Tyler 對美及雷揮手說：「Have a nice day, Boss!」美開車一搖一擺的拿了一張罰款。

Julia 看完文件，難受的問美：「為何妳說妳恨歐巴馬？」美扭著手指說：「Jim 告訴我的，他來到加州，在舊金山的勞工局找到一份工作，他說在柯林頓時期要求要嚴加檢查所有的失業救濟金的申請者是否合格？而歐巴馬上任，自以為是窮人的天使，他不嚴格抽查申請者記錄。Tyler 在歐巴馬任期四年內已領了四次的救濟金，住在幾千元的大房子也由政府支付，而夫妻二人不工作，生了五個孩子，如今太太又懷孕，這是一個惡性循環，懶人的天下。Jim 很驕傲自己從沒領過救濟金，我也很感動，讓他回到我身邊，因為我快瘋了！」美哭出聲了，Julia 不敢相信，Jim 又出現在美的生活中，美忘了小產？美忘了他有個邪惡而善嫉妒的前妻？Julia 無助的問：「姑姑說什麼？」「這是我要見妳的原因，姑姑要趕我出門，她沒有喜歡過 Jim，而 Jim 如今只有一個小小的、租來的公寓，他邀請我去住，而我有些害怕。」Julia 問美：「既然害怕，為什麼要去住？」「梅子，Jim 真的愛我，我上次分手，他知道我在加州地址，也知道我有錢，他沒有像晉弟先生那麼無恥，他忍受分手，他了解前妻的邪惡，為我他如今跟到舊金山來找工作，有一晚訂了我酒店的房，得知我被 Tyler 欺侮，他為我調查他，並請假三天來酒店一直到我找到新的員工。梅，請向姑姑解釋，我與 Jim 目前是一般朋友，我並沒有再與他上床。」

Julia仔細的聽美的故事，仔細瞧著美的臉，為什麼每次有男人出現在美的生活中，美就瘦得嚇人？出了Tyler這麼糟的事，竟完全沒有通知Julia？雖然Jim供給了她全部資料，但是Jim不是個律師，更何況，每一次Jim的出現，都幾乎讓美瘋狂！難道Julia自己也迷信？美的姑姑是對的，美不應該讓Jim存在她生命中。然而美與Jim再次同居了，她哭著告訴Julia：「梅子，我沒有姑姑那麼堅強，姑姑沒有男人，只要有工作就可以淡定，而我的工作太憂心，有Jim可以協助我，只有好處，沒有壞處。」

雖然，美沒有讓Julia介入勞工局事件，Julia還是到圖書館與利用各種管道查美國救濟金福利到底糟到什麼地步？如此大量Tyler King的事件？懶人不工作？他們的孩子長大是否可以學習懶惰領錢的本事？Julia回想起二〇〇八年那年，她帶著不少朋友鼓勵他們投票，盼那些票都投給歐巴馬，一個雄心大志要救美國經濟的新面孔。

圖書館的燈照著，Julia驚嚇的看著幾篇報告：一、恐怖分子，Wavd Alwan艾爾王及Ward瑪迪，以難民身分享受救濟金，直到被列為恐怖分子逮捕；二、這更離譜，一個紐約三十四歲女子——哈希梅・利卡（Hasime Cike）坐擁豪華勞斯萊斯（Rolls Royes），卻用閨名申請聯邦福利及醫藥補助，自稱沒有收入，沒有報稅，二〇〇九年至二〇一一年共詐騙四萬七千元美金（難民身分），她與她先生在紐約的史登島有兩百四十萬元的豪宅，那豪宅沒有銀行貸款，她與先生在歐巴馬上臺後三年擁有十四個住宅公寓，價值超過五百萬美元。

這一類的資料幾乎讓 Julia 開始懷疑這世界上有沒有完美的政府？她動手寫了一封文情並茂的信到白宮，Julia 先將美的事件陳述，接著針對三個方向：第一，這些懶人不付稅；第二，對國外貿易自由只使他國占便宜，美國貨在亞洲賣不到百分之五，原因很簡單，亞洲國內抽美國貨大量的稅金，當地亞洲人買不起，在美國任何國外的產品卻都免稅，外國貨在美國便宜，美國人大部分用瘋狂欠債的買外國貨；第三，美國的中產階級已面臨風暴，很顯然的，一些大公司已外移到英國、中國去投資減稅，而美國的失業救濟金及其他福利對中產階級是個無底洞的悲劇。Julia 將信寄到華盛頓。

晉弟第二次來美國考察，當她得知美的酒店因勞工局損失，她告訴美，花錢消災，至少酒店還有些好的員工——雷（巴西人）、羅拉（母親德國人，父親美國人）、東尼（法國人）及一大堆美麗英俊的員工尚在努力工作。那是一個極好的週末，晚上六時酒店已經全客滿了，似乎在歡迎由臺灣來的晉弟；美鬆了一口氣，開著自己的新車，與 Julia 及晉弟三個人來到 Viansan 酒園，Viansan 的酒園擠滿了來自世界各國的品酒者。

它有兩層樓，上面一層高頂上的美酒品嘗室，有古舊的歷史、風景如畫的花園醞釀著各種酒香，美國年輕人成群的在這裡舉辦婚禮，而婚禮的客人經常到美的小酒店訂房，美收集一些打折卡給客人，客人可到附近幾個酒園免費試酒，舌尖上的愛好是決定客人對的酒的選擇，一箱箱運回歐洲，而近幾年來中國大陸客人增加，品嘗酒數上升，但是日本人對那帕市尚未瘋狂。Julia 拿著紅酒，仔細的看著摯友，都變了，成熟了，有種女人的美，真好，時間帶給了她們自由，且更有能力了；突然美的手機響了，酒店警衛艾倫來電說有個律師客人在酒店被熱水燙傷，二級的傷。

美、晉弟及 Julia 放下酒杯及正要品嘗的肉串，馬上開車下山進城，十分鐘後到了酒店，看到一個滿臉發紅的白人，約三十幾歲，穿著好質料的西裝，旁邊站了個摩登女郎。Julia 已指示艾倫將自動拍照的相機備好，美將這客人資料交給了 Julia，Julia 請這位客人到美的辦公室。「我身上有二級燙傷，我要求賠償！」客人一進辦公室看見三個陌生的東方女人，他更是理直氣壯的大聲威脅，Julia 微笑並溫和的問：「你是一位律師？」男人安靜了，Julia 又轉向旁邊的摩登女人：「請問妳是他妻子？是否有看見他的燙傷？」那女人站在辦公室牆角，不敢回答，用著幽微的眼光看向那客人，Julia 鼓勵她：「不用怕，我們酒店有保險，對受傷客人一定照顧……」Julia 的話尚未說完，這名客人又大聲對著 Julia 嚷：「妳是誰？如果是老闆，馬上賠我的傷，並要求退三天的房租。」Julia 右手舉起示意他停止，微笑的說：「我是酒店的律師。」Julia 的話使摩登女郎大叫起來：「我不是他的太太，我們昨晚在酒吧認識的，我也沒看到他因洗澡而受傷。」「夠了，妳這個笨豬！」西裝男子面對女人大吼，再轉身對 Julia 威脅：「妳賠還是不賠？」Julia 溫和的回答：「當然要賠，如果你有燙傷，我需要一些資料，我們剛好有個醫生由臺灣來的，請將外衣脫下，讓醫生確認一下，就可以向保險公司報告。」

室內一片安靜，客人思考著下一步，晉弟納悶一個受二級燙傷的人能穿得西裝筆挺？又不願將受傷的背亮出來？警衛艾倫突然走到客人面前，從他背後將西裝拉起，客人大吃一驚，緊抓著西裝內的運動衫不放，推開艾倫大叫著：「這是一種性騷擾，我要告您們！」Julia回答：「這個辦公室有全程的錄影，你在大廳的吵鬧也有錄影。如果，你真的燙傷，請將燙傷的背部給我們經理看，我們會拍照留下紀錄給保險公司；如果您拒絕合作，又不肯證明您的燙傷，我們酒店只好請地區警察來處理這件事。」Julia說完即拿起電話筒，摩登女郎突然哭出聲想跑出辦公室，西裝客人攔住她，並轉頭狠狠的看著Julia，Julia微笑的放下電話筒說：「你可願意接受本酒店給你一夜免費住宿？如果你願意，就跟艾倫警衛一起到前櫃檯領取一晚住房費，當然你需要在此簽名，同意收到費用後不再到大廳打擾客人。」客人眉頭鬆開了，他下命令似的說：「我不想到大廳，在此簽字可以，不過退房費必須是現金。」Julia微笑的答應了。

晉弟對美的酒店管理稱讚不已，認為裝了錄影系統是對付極多無賴的好工具。美在西裝客人走了以後，納悶的問Julia：「我們酒店只有大廳可以錄影，我這經理辦公室沒有錄影機及系統連繫，妳不知道嗎？」Julia笑了：「美，我當然知道妳辦公室沒錄影，但是那個自稱是律師的客人並不知道，他太緊張他在大廳大吵燙傷的形象。」美笑著對晉弟說：「Julia似乎想演莎士比亞的錯中錯（The Comedy Erros）。」

晉弟與Julia聊到曙光初現，正入眠，電話響起，有客人暈倒，美緊張的要晉弟到三一八房，晉弟抓起外套對Julia說：「這個小酒店比我在臺灣工作的大醫院還忙。」Julia與晉弟衝到三一八房時，看到房內一個老人胸衣敞開，躺在床邊手發抖著，晉弟聽胸及量脈搏，又翻了老人眼白，大聲對美說：「快送醫院，是初期中風！」一個年約四十歲的歐洲人操著奇怪的英文大叫：「我父親不願進美國醫院！」晉弟看了他一眼，告訴美及Julia，不論這個英文說的如此重音的男人說什麼都要將病人快送醫院！救護車來得很快，晉弟及Julia跟著一起上了救護車，在車上，那四十幾歲的男人流淚了，喃喃的用英文說著：「我們從義大利來購酒的，父親昏迷前說不願上美國醫院。」Julia及晉弟二人都沒回話。醫院證明這老人是腦中風初期，很幸運的及時送到了醫院，若晚幾個鐘頭就來不及用血栓溶解劑，有可能半身不遂；如今要留院觀察幾天才行。

基歐巴尼・帆冷（Giovanni Valent）整夜睡不安穩，正昏昏欲睡時，鬧鐘響了，他起來時看到另一張床空著，湧上一股悲哀。這兩年諸多不順，去年母親去世，她的走使父親不再有笑容；今年的年初，基歐的妻子提出離婚，因為結婚多年沒生育，兩年前妻子獨自去檢查，醫生證明她不能生育，而基歐是獨子，她忍了兩年的祕密終於因基歐母親去世而爆發了，基歐沒有留她，也許沒有力氣留她，去世的母親的傷痛，加上年老父親的照顧，基歐是完全沒有精力去安慰憂愁的妻子。辦完離婚手續，父親提議到美國加州的那帕市喝酒、買酒，基歐的父親在佛倫市（Florence）郊外有個小酒園，每隔幾年父親與經理荷西都會來加州那帕市嘗酒，並買幾箱回佛倫市。父親對那帕市的一九七八年的酒最愛，其美味是用沙維農葡萄釀造的，基歐告訴父親他願辭去辛苦十二年的銀行經理工作（基歐在今年已被通知將升副總經理），基歐將自己辛苦等了十二年的位子拱手讓給了他人，但他不後悔，因為他愛他的雙親，如今母親走了，他必須給父親全部的愛。他答應陪父親到美國加州嘗酒。

基歐的房間灑進了加州的陽光，他心中一陣舒適，人生是有許多無奈，但是父親還活著，醫生說只要幾天後就可出院，基歐一面想著自己辭掉工作是多麼正確的選擇，他一定要與父親一同經營家中的小酒園。基歐來到酒店的大廳，看到一個嬌小的東方女人坐在紫色沙發上讀報，是的，讀報，一面看一面自己小聲讀著；基歐想起她那矮小的身子，居然在昨天響起巨大的聲音，強迫基歐速送父親到醫院的滑稽相，天哪，她連英文都說不好，居然對基歐大叫？她是誰？

「早安！」基歐問候這矮小的東方女人，她抬起頭來，她有一雙極美的褐色眼睛，她有些不知所措的笑了：「早安！」她回答他，基歐在她對面的沙發坐下了：「謝謝您昨日強迫送我父親上醫院，否則後果不堪設想。」晉弟不覺得他的英文流利，不過她聽懂了大部分，晉弟慢慢解釋：「我是一個醫生，您父親的症狀是絕不能遲去醫院的，幸好在黃金三小時內就醫。」基歐突然興奮了：「妳是醫生？我父親真幸運，他每幾年都來那帕市買酒，這是我第一次陪他來加州，妳說的黃金是什麼？請解釋？」晉弟用手阻止基歐繼續說，基歐發現晉弟有小巧的手掌，晉弟從自己大皮包中拿出一支筆及紙，開始速寫英文：「我的名字是Dee，由臺灣來的，我英文不熟，我說你父親在黃金三小時就醫，那黃金代表重要如金子的三小時救了您父親。」晉弟速寫英文的速度令基歐佩服，他接過筆，一面思考，一面慢慢寫下英文：「我是義大利人，這次陪父親來加州買酒回去，我們在佛倫市有個小酒園。」晉弟像小孩般的驚奇，可愛極了，「哇！」晉弟繼續寫著：「由佛倫市來的？小酒園？」基歐微笑點頭並介紹自己的名字，晉弟速寫著：「基歐？我可否陪你去醫院看你父親？今早我準備了臺灣的點心要帶去醫院。」基歐太高興了，一陣溫暖溼潤了他的心田，他站起來做出「請」的手勢，晉弟也站了起來，忍不住問他：「你有多高？」「六呎三吋。」美為他們叫了部計程車到醫院，等到Julia早上八點來到大廳，美告訴Julia，晉弟與那義大利的客人已走了一個小時了。

賽門・佛雷塞（Simon Fraser）參加舊金山的一個外交部宴會，他的上司強迫他去這個宴會，上司神祕的說：「蘇俄有不少外交部的人參加。」晚會中，賽門繞了幾圈，沒有找到一個可以聊天的蘇俄人。美國已禁止宴會吸煙嗎？為什麼這麼多的人偷偷在洗手間、會議廳中吞雲吐霧？賽門推開門到後院，一陣新鮮的空氣吸入肺中，感覺真舒服，他往前走幾步，在一棵大樹下看到了一個女子的側影，小耳朵上的珍珠耳環端正的穿過髮髻，臉頰到頸子的輪廓如同一幅美麗的畫，白皙的手臂在昏暗的月光下，曲線及色澤顯得鮮潤，賽門為之心動，那乳白的美與靜勾起他熟悉的感覺，極熟悉，卻不記得在那裡見過？

「妳為什麼不能和我去中國新疆？我要一個翻譯，妳會說中文，我的組織會付妳費用。」賽門聽到一個中等身材捲髮的白人男子對這個曼妙女子大聲質問，她抬起頭仰望月亮，沒有回答，慘白皮膚的男子暴跳，又追問：「妳到底愛那一個國家？中國？日本？還是美國？」她直視這個男人，輕聲的像是宣言：「不論我是那一國的人，我不做間諜，我不出賣任何一個國家。」男子盯了她一會兒，開始不安的漫步，似乎考慮自己該說什麼。賽門屏息了幾分鐘，正要走開，男子開口了：「我不是間諜，也不出賣任何國家，我是一個地質學家，為人類太空服務。」那女人提高了聲音：「不，你不是為人類服務，你是蘇俄人，你要到中國新疆去探討瑞士製的瓦斯流送控制裝置，既然不是蘇俄的裝置，你為何要去『羅布泊』的新疆？」賽門的腳定住了，這是一個蘇俄人，他要去「羅布泊」？那不是太空中「木星」的研究處所？賽門將自己的身子藏到另一棵樹下，那東方女子掉頭走了，賽門跟著她進了宴會廳。

多少外交官端著酒杯在尋覓一些新消息，這個東方女人走到水果點心桌上拿了一根香蕉，她坐在鋼琴背後的角落，吃起香蕉來，賽門看到那捲髮男子已跟過來，坐在東方女人對面，並沒有說話，東方女人吃完香蕉，站了起來，似乎在找垃圾筒，走了一小圈，她將香蕉皮用餐巾紙包好，放進了自己的皮包裡。賽門想起來了，十幾年前，他在史丹福大學教授家中也見到這東方女人將橘子皮放入自己皮包裡，一個有教養的東方女子再次出現在賽門眼前，他看著那蘇俄男子將她扶出門外，蘇俄人？那女子的東方人丈夫李博士到那裡去了？賽門突然想起那蘇俄人的對話，他要回大使館發電報。

賽門．佛雷塞尚在強褓搖籃車時就首度參加英國國會的黨政會議，他的父親及祖父均是英國的保守黨，並有著國會的席位；賽門的母親是個歷史學家，但不是一個快樂的國會議員的妻子，她最大的願望是不讓自己兒子進入政治圈；她一生多麼無奈的與自己丈夫環遊市區到處拉票。賽門從學院畢業後，父親要他在英國牛津大學攻讀政治學系，而母親卻為賽門拿到史丹福大學工程系的獎學金，佛雷塞爵士（賽門父親），極為震怒，他甚至開始後悔娶的是一個美國人（賽門母親是史丹福大學歷史系的博士），想當年二十九歲的自己瘋狂的愛上賽門的母親時，塞門祖父幾乎要跟他斷了親子關係，但是，賽門母親並沒有放棄佛雷賽的追求，因為她絕不能讓這個貴族家庭居然認為她不合格嫁入？美國人的驕傲及歷史學問可以協助佛雷賽爵士的強勢，終於她由加州嫁到英國，然而每個氣候霧冷的黃昏，都讓她想念加州、加州的陽光。

當賽門告訴父親自己選擇去美國史丹福大學讀工程時，父親不相信自己的耳朵，他對著賽門大吼：「我們家幾輩子都在國會，並且盡忠於保守黨。」「您錯了，爸爸，」賽門輕聲的說：「是您一輩子在國會，需要對黨盡忠的是您，不是我。」

加州，史丹福大學建築不見得超越牛津大學，但是加州的陽光不是牛津大學能及的（牛津大學離倫敦四十哩）。賽門躺在史大的校園草地上，藍天白雲的顏色真美，沒有一絲倫敦的空氣污染，風和日麗，賽門真感謝母親為他的選擇。

賽門記得第一次看到李博士，當時他是教授的助教，賽門很佩服他的勇氣，極糟的英文而願為助教？同學們忍耐他的英文，卻極佩服他的數學天才，他圓圓的臉戴著一付溫和的眼鏡。原則上，賽門算是他的學生，雖然在年齡上只有幾歲之差。李博士是Dr. Hill極力介紹給同學的天才助教，他已為Dr. Hill拿到一份專利，使得Dr. Hill拿到政府極多的研究資金；這個工程系有一半以上的學生有獎學金，也因為工程系經費比其他系更優渥，李助教對同學極有耐心的教導每一個同學的疑問，而他最心愛的學生就是賽門，因賽門同一問題不會問第二次，純正英國英文也居然能與他溝通，也許是下過幾次棋將他們的距離拉進了，李博士很滿意賽門從來沒有在棋藝上贏過他。

在賽門沒見到李助教的妻子以前，對李博士百分之百的崇拜，他是個謙虛的男人卻有極高的智慧。第一次聽到李的妻子是在五個同學的晚餐聚會，其中一個美國同學K用他有痘斑的鼻子吸氣幾次的說：「李助教長相平凡，卻有個美貌無比的妻子。」其他四個同學包括賽門全停止嘴巴的嚼動，問K：「你是如何知道的？」K神祕的說：「我已見過他妻子幾次，她總是背著不到一歲大的兒子，穿著蓬蓬裙，可能是日本女人穿的，也可能是韓國女人穿的，她總是提著裙子，一手捧著白鐵盒便當給李助教送食物。有一次，我看到她提著裙子，手上、胸前摟的大包小包的食物穿過校園走到博士班的宿舍（Escondido Village），那麼多，又那麼重的食物，背上又背著孩子，她卻有本事像踩著音樂輕盈的走著，我忍不住下車靠近她，表示願意戴她一程，她總是保守的一鞠躬，微笑的拒絕了。」K又繼續的述說他最不了解的是：「李教授的妻子似乎臉上充滿了悲苦，為什麼一個美麗的女人有個天才的先生卻如此不快樂？連對我的微笑也勉強。」「K，你太愛下斷語，東方女人不笑，並不表示不快樂，而且她為什麼要對你這麼一個陌生男人大笑？」其他三個同學完全同意賽門的看法。幾天後，K告訴同學們李助教已答應帶妻子去Dr. Hill家烤肉，賽門莫名其妙的心跳加速。

Dr. Hill的家在大學街（University Ave），有如一個小古堡，四週有高大的橡樹，威嚴又氣派，正如教授本人六呎二吋高，教授妻子美麗的銀髮使賽門想起在英國的母親，賽門有些心酸的想出國兩年，今年收到母親的照片，髮際已長出銀白髮絲。古堡後院有廣大的草坪及花園、座椅及長桌子，三排食物及點心，有同學站著，爭先搶後的喝著啤酒，賽門不喜歡啤酒，教授給了他一小杯極醇的白蘭地，太烈了，兩年沒喝如此烈酒，賽門又要了份新鮮的橘子汁。當賽門由屋內端著果汁再次到後院時，一個像橘子仙子的女人出現在他眼前，淡黃色大裙子遮住了她的腿，細長而柔的脖子及細緻的小臉是她唯一露在午後的陽光下；李助教穿了正式的西裝，打了領帶，賽門不了解東方的文化，一個烤肉的場合，他們的穿著引起每個同學的不安，似乎所有同學都穿錯了，賽門朝著李助教的妻子臉上看去，她的睫毛在陽光下像躲藏的蝴蝶，淡黃色的，賽門有種悸動，有些感覺自己打擾私人的窘態，他朝李助教走去，伸出手握著李助教，像老朋友一般。

所有同學在這七月四日美國國慶日無不展現自己的才能——吉他、口琴及排球，一切顯得歡樂與融合，李的妻子走進室內坐在教授夫人身旁，教授夫人正在彈蕭邦的歡樂曲子，李助教妻子柔弱的背影吸引著賽門的眼光，他跟著進入室內，她抬頭瞧了賽門一眼，顯出一種深邃的氣質，教授夫人告訴了賽門，她的英文名字是Julia，中文名字是梅子，日文名字是……。這個東方女子是臺灣的現代及日本古典的奇蹟，賽門盯著她接受了教授夫人給她的一個橘子，她用眼尾瞧不到垃圾筒，於是用一張餐巾紙包了橘子皮放進她自己的皮包裡，賽門從沒有看過一個女子的行為如此優雅。那晚賽門失眠了，從此賽門無法直視李助教，因為他知道自己已暗戀上了這個東方男人的妻子。

十五年了，賽門再次見到這個神祕的東方女人，難道是上帝的指引？她變了，更美，更有女人的氣質，不過李教授為什麼沒出現？而這個蘇俄人又是誰？第二次相見，這個東方女人有了蘇俄男子把關？自己沒有緣分？賽門開車到史丹福大學繞了幾圈，他告訴自己，他要找到答案，李助教到那兒去了？離婚了？那橘子仙子的女子有勇氣離婚？這個蘇俄人是在為蘇俄情報局工作，她要知道危險性，賽門覺得自己要救她。

尼克一夜未眠，Julia 不是個容易被說服的女人，她不高興時唇邊的線條顯得傲慢與尖銳，她的話使自己忐忑，有如牙醫手術般的痛澈心扉。尼克在莫斯科大學以優秀的成績取得化學系碩士及地質學博士，他的教授極疼愛他，將他介紹到了一個祕密的機槍工廠，不用排兵次，直接升成了少校；那是個古老紅磚的工業城，在莫斯科與高機耳之間，單調而鄙俗的環境，沒有女孩，沒有娛樂。安靜而高智商的尼克得知自己姐姐在加拿大已領到居留權，他向上級申請出國，尼克恨自己被教授看中選入了政府部門，退出時沒有太多的自由，上級批准他由摩根工廠離去，但是派他去加拿大駐俄大使館任二等祕書，尼克答應了，他認為繼續待在那工廠，自己的靈魂會被毀掉。在加拿大不到一年，一個大使館的女同事成了他的愛人，沒有感情，尼克認為性愛是個不用智商的遊戲。

在加拿大大使館工作兩年後，尼克要求調到美國紐約的蘇俄顧問館，因為他受不了那愛人女同事的壓力，加拿大大使館上司告訴尼克，因為尼克在莫斯科大學最後一年論文有世界性的專利，上級非常重視他，但是組織沒有經費送他到紐約。尼克沒有放棄到美國的夢，他的上司終於答應了，但由於經費不夠，尼克必須住在小旅館中兩年，尼克答應了，他早就嚮往美國的自由，走在巷中，走在城市中不用把眼睛盯在腦後。紐約的第一年非常寂寞，小旅社中也有一些其他共產國的大使，進出聯合國，他們比尼克更沉默，絕不開玩笑，長期的貧窮使這些共黨知識分子極為敏感，更重視外界，希望自己能善得人緣，卻沒有自己的原則，矛盾的又不願附和他人，甚至慶幸英文不流利，深怕英文越好越快被同化，而事實上只是對自己的能力找了個下臺階。二〇一〇年，蘇俄得到一個消息，有關美國對太空的木星挑戰，這個消息使多個國家盯上了中國的「羅布泊」湖，組織要尼克在一年內找個中國翻譯去中國。

尼克很偶然認識了 Julia，感覺自己幸運的遇到這個會說中文的東方女人，不幸的是這個東方女人對尼克而言是個致命的吸引力。此時，由於外交部經費短缺而同意尼克外出工作，以增加收入；尼克出色的履歷表，很快的每一個應徵的公司都敞開歡迎的懷抱，尼克選了一家大型新化妝品公司，公司律師馬上為他辦工作簽證（他沒有告訴大使館），年薪十萬美元起薪，另加四〇一K退休金及保險。

尼克擔心自己隨時被組織召回莫斯科，因為 Julia 不願同去新疆，使尼克沒有達成組織任務，使尼克欠組織一大筆為追求 Julia 而去歐洲旅遊的旅費。Julia 是一個強勢的女子，記得歐洲回來三個月後，尼克用為大可補習數學的藉口租下了 Julia 的一間房子；一年後，Julia 由於腹部絞痛去醫院，醫生證明 Julia 流產，Julia 對尼克說他們不適合在一起，因她可能無法再生育，尼克的自尊心及同情同時躍起說：「我不想有孩子。」尼克及 Julia 總有爭論，共產思想的尼克一口咬定富人是醜陋的，尼克對權利及財力如此仇恨，而 Julia 卻有超過年齡的經濟條件使尼克不安。

尼克不願回使館，不願回蘇俄，他小心存錢，不能買新車、新房，他開始接受美國同事的玩笑，美國人在沒有文化的壓力下已養成簡單自由的個性，不深藏、不含蓄，不是黑就是白的個性，尼克雖不能苟同這沒有文化的智慧，卻有孩童般的嚮往，嚮往能自由自在的回答大可問題——「你是蘇俄人？還是加拿大人？」尼克沒有給大可一個答案，他無法解釋為什麼不願做蘇俄人？但是加拿大的護照又不能證明自己是一個加拿大人。

Julia 接到 George 的電話，神祕的告訴 Julia 他接到一個案子，一個議員四十八歲妻子失蹤一年後，如今在聖他卡拉縣找到屍骨，但是驗屍時，在牙齒有了爭論，George 希望 Julia 週末能到他的律師樓洽談。週末？今天已經是週五下午，Julia 已訂好這個週末回舊金山，她為自己安排背痛的按摩及想與園藝工人商量在院角落中多植兩株日本樹；如今，這個George曾是一個小氣又扣Julia費用的上司又來煩惱自己？George見Julia不回答，又提高聲音說：「武律師，您只要花一天的時間，只要您的證明是對的，我們辦公室會給你一萬元。」想想，一天時間有一萬元，Julia心動了，一萬元可以帶大可到日本玩一週。

George律師事務所在原地址，他將隔壁的辦公室租下，律師已增加到五個，悲哀的是George是一個刑法律師，卻僱用了三個不是刑法學系的律師，George解釋著，刑法的案子有他在後面把關，再加上律師們經驗累積比課堂上得更多的答案及成績。Julia用幾個鐘頭獨自關在George律師樓的小會議室裡看議員妻子的案子，照片、紀錄，整整一大個箱子，只失蹤一年的議員妻子卻花費了政府巨大的財力、人力、物力，Julia知道這案子背後有的是更大的壓力。一杯茶已喝完，Julia發現這些照片上骨頭的資料以及屍體腐爛照片很顯然有太多的疑問，她將這些疑點用筆記記下以前，已確定這絕不是一個四十八歲女人的屍骨。

George進來坐下，用少許銀白的眉毛挑動著興奮問：「武律師？如何？找到一些線索嗎？」George一面說，一面想搶Julia的筆記本，Julia沒有讓他搶到，她等George祕書為自己倒上杯咖啡，她緩緩的問：「George你是否親眼看到這些骨頭？仔細看過嗎？你認為呢？你有懷疑嗎？」George哈哈大笑了：「武律師，妳就是妳，怕我搶功勞？當然，我當然親自去檢查過，與驗屍報告的法醫開過會，我們兩人都懷疑在牙齒的結構上有毛病，但是

D.N.A 上面卻有模糊的相似接近。」George 不再續說，他知道 Julia 已有新的答案，Julia 告訴 George 自己有四大疑點：一、任何超過二十五歲的鎖骨應完全成長，而這案子骨骼沒有完全成長；二、頭蓋骨有太多的碎片是屬年輕人；三、由肋骨間的胸骨及軟骨排列牆的稀疏及濃度更顯出筋骨牆屬於年輕人的；四、最後 Julia 認為骨盤（Pelris）不是屬於中年女人，Julia 告訴 George 這個屍骨應該是屬於十五歲以下的骨頭。

三個星期後，George 興奮的約 Julia 在 Fairmont Hotel 的 Tango Room 晚餐，這間餐廳是 Julia 的最愛，Tango Room 的餐點是一流的，一個小樂隊滑著小船環繞著餐桌，在水中唱著八〇年後代及九〇年代的老歌，這些老歌陪伴 Julia 在大學法律系黑暗的日子，家中母債的貧困及夜晚騎腳踏車由法學院回家的疲倦，藉由這些音樂的陪伴，那不滿二十歲的青澀年紀開始嚮往美國。「武律師，我有好消息！」George 打斷了 Julia 的沉思，Julia 發現 George 點的菜全是她愛吃的：鱈魚、豆腐……，Julia 感到溫馨的笑了：「什麼好消息？」「聖他可拉縣發現有一個十一歲女孩子在聖荷西失蹤兩年多了，案子沒有結案，而上次我們研究的案子正是那女孩的屍骨。」Julia 的自尊心完全滿足了，George 有五個律師，全是白皮膚的英俊紳士，而一個東方女人卻被 George 如此重視，她真高興自己在法律系有一年專修的骨骼學，而日本舅舅給自己寄來的一個化學指示器（Age Indicator）是自己的法寶，臺灣買不到的。

Julia開著車，內心有極大的喜悅及驕傲。大可後天有期末考，Julia要測驗他的功課，Julia喜歡與大可用一問一答的方式研究他的功課，母子如此接近及親密。吃著冰淇淋的大可完全了解家中的經濟，大可父親去世時領的人壽保險十五萬美金使Julia有了第一棟房子，也使大可及Julia有了第一個避風港，大可很勇敢沒有提過父親，也沒有抱怨這個只有母親的家庭，他在暑期打工，拿成績全是A，讓母親高興。Julia滿意的到了床上才將George的信封拆開，一張信紙滑落，裡面寫著George的抱怨，律師樓太多律師，開銷大而成績及收入極差，Julia預感不祥，打開另一個小信封，抽出一張支票——美金五千元，Julia找到了George寫信抱怨的答案。

五年的精神病院合同剩下六個月要到期了，Julia告訴喜太老闆自己不願繼續簽合同，喜太照合同Julia的百分之五福利來要求Julia，為他找個會日文的經理並訓練他，Julia答應了；她知道找個日本來的留學生在畢業時可以給辦簽證留在美國不是難事；Julia並答應為喜太老闆管理他剛買下的渥克蘭（Oakland）建築，十四層樓在市中心，離Julia舊金山的家中只要四十五分鐘，大可最高興，他將要十七歲了，Julia很高興在他高中最後一年陪在身邊，而不是完全依靠住校及尼克陪他。

賽門由舊金山回到華盛頓寫了一封信寄到 Julia 的精神病院，護士小姐將信放在 Julia 的辦公室，可是 Julia 沒有收到，當然也沒有看過信。

等待是如此的凌人，有如待獵的猛虎，無辜而心慌。賽門寄出限時信以後就活在憧憬中，一次又一次的憧憬令他坐立難安。一個月過去了，沒有音訊，賽門得知她的郵件地址，但覺得如此私人的訊息不適合出現在郵件中。是否 Julia 不願提起過去？還是覺得自己不夠誠懇？他只在信中問起李助教，並提到自己在 Dr. Hill 的家中見過她及她先生；賽門湧現一些自己愚笨的想法──信中問她為什麼與蘇俄人一起？可能蘇俄人會帶給她危險，對了，賽門想通了，Julia 一定認為自己是精神病，正如她院中的病人。賽門無助的等待著，一個半月過去，沒有回信，沒有電話，放棄吧，賽門告訴自己，從第一次相遇，一見鍾情地烈火燃燒，對有夫之婦的愛意是不道德的，現實中已註定沒有緣分，生活在兩個世界；再次相見，蘇俄人卻搶先了，這麼不完美的又要結束？那份殘缺的意念總湧現在原本應值得感謝的姻緣際遇，賽門放縱的去參加酒會，喝得大醉，醒來，心口一陣痛，沒有接到她的電話，他不甘心，他要化被動變為主動，於是他撥了聖市精神病院的號碼。

「哈囉，這是美國精神療養院，請問您找那一位？」一個甜美的年輕女士聲音，「請接武律師，Julia 武。」「請等一下。」賽門可以聽到自己心跳，一分鐘是一個很長的等待。Julia 正在忙閱一份新病人的資料，她問護士對方是誰？「我忘了問，我不敢馬上接給您，我是否去問他是誰？或是掛掉電話？由電話顯示機看來電不是加州的，而且這位先生的英文捲舌的像英國式的英文。」Julia 沒想到這個護士 Sue 因一個電話說出這麼多的感想，她好奇了：「Sue，接過來吧！」電話響了，Julia 拿起電話說：「哈囉！」另一頭沒聲音，Julia 再追問：「您是那一位？」「哈囉，我是賽門．佛羅賽，很抱歉打擾您，我知道我沒有禮貌的寫了一封信給您，但是我並沒有惡意打聽您的私人生活……」

Julia 莫名其妙的呆住了，那頭打電話的人安靜了，Julia 有些警戒的回話：「你到底是誰？我沒有收到任何信，你由何處打來，為什麼對我私人生活有興趣？我不是名人又不是明星，你可能找錯人……」Julia 暗示要掛電話了，賽門緊張的說：「我由華盛頓打來的，我是您先生在史丹福大學的學生，我也是 Dr. Hill 教授的學生……」Julia 愣住了：「史丹福大學？」Julia 似乎是自言自語，賽門鼓起勇氣說：「我見過您一次，在七月四日國慶日，大家在 Dr. Hill 教授的家吃烤肉，李助教與您也參加了，妳穿著淡橘色的蓬裙子……」Julia 整個身子有如進入一個回憶的軌道，說不出說來，她記得那次烤肉，被李強求穿了日本蓬裙的不愉快，到了美國以後只穿了那麼一次，而這男人是誰？記得這麼清楚？奇蹟？

「賽門，您的英文不像美國人？您真的是李的學生？」「是的，我是從倫敦去的學生。」

Julia 無法告訴他李已去世的消息，至少不在電話上，兩人都沉默了，Julia 以為賽門掛了電話：「哈囉？」「哈囉！」賽門回答了，Julia 誠懇的說：「如果您到舊金山來時，我可以請您午餐，我可以告訴您有關李博士的事情。」「我下個禮拜一可以來舊金山。」賽門很快切斷 Julia 的話，Julia 看了一下牆上的日曆，今天是週五，明日是回去陪大可的日子（每兩週回去一次），週一不是私人見面的好時間，Julia 勉強的問：「週一我會回病院中，只有週末在舊金山，是否您有需要李博士協助的事，您不需要見我，在電話中告訴我，如果我能幫助你一定盡全力。」「我一定要當面見妳，我會請假，週一可以在您病院中見面。」賽門感覺自己聲音在顫抖中要求著，Julia 沉默了一會說：「好的，賽門，我只有午餐時可以見您一個鐘頭。」「謝謝您，週一中午見！」Julia 也說：「週一中午見。」電話掛了。

賽門在聖荷西市飛機場租了一部日本車，預計三小時的車程，因為塞車，到達時已超過中午一時半，總共花了四個半小時。

見到 Julia 的那一剎那，賽門被那深邃的褐色眼眸震憾住了，十五年了，有如塔裡的深情，一旦相見，賽門有暈眩的感覺，Julia 也有種無以言語的悸動，這個人似乎似曾相識，那美好的輪廓，很溫柔的聲音，舉止紳士，濃眉下的雙眼極為疲倦，彷彿趕著一千年的旅程，是那份溫柔的疲倦，讓 Julia 忘了她尚未得到其他醫生的同意，就將這個陌生的英國人請進了他們的會議室。賽門坐在角落一張賓客椅，Julia 把他介紹給大家時，說是自己先生的學生，由英國來探訪，大家掌聲歡迎他，他也一一與大家握手，卻沒有握到 Julia 的手。Julia 正在對新增加的兩個醫生殷殷致謝，一個黃草頭髮的大肚皮醫生是腳科醫生，一個半白半黑頭髮的瘦高個子醫生是心理科醫生，兩位新參加的醫生都備有天使的情懷，表示願意參加每週的聚會，另有幾個醫生們也在會議當中。

賽門心中澎湃著，這個東方女人正在經手一項比李博士和自己更有人性貢獻的工作。賽門將自己的眼睛望向她，鵝蛋臉上有一對澄褐發亮的眼睛，鼻子尖挺，唇形有如蒙娜麗莎的微笑，沒有化妝？只有口紅，深紅的，是在掩飾自己的美貌？姿態優雅而亭亭玉立，深藍的套裝顯出腰線，賽門臉紅的看到十五年前沒看見的小腿，乳白而柔和的皮膚……，突然，賽門發現 Julia 朝自己看來，賽門趕緊將眼光轉向會議室的照片，極多是耶誕晚會的，他想站起來看一張似乎是 Julia 在玩呼拉圈的照片，但是他不敢動，他知道這一次見到 Julia 是費了九牛二虎之力，不能失態，必須靜坐，假裝聽會議的進行，「膽固醇……劇烈行為……不能控制的行為，膽固醇……劇烈行為，不能控制的行為……藥的品種……，藥的改良要改善幻影、鬱閉及不合理的行為（Oppession, poofanity and Agitation）……」賽門突然感覺到美國政府對精神病患者的研究及愛心是動人的。

會議結束了，Julia 原本要陪新來的心理醫生一同會談五個病人，Dr. Connell 仁慈的要 Julia 去陪伴她英國來的訪客，他表示可以陪 Dr. Thronhill 一同會診五個病人；Julia 有些愧疚的離開，載了賽門到海邊的鮮魚店，賽門是個善解人意的紳士，不像尼克難侍候，他說他什麼都吃；點了午餐時已是下午四點，Julia 在餐前去洗手間洗手，賽門注意到 Julia 的小腿，連絲襪都沒有穿，卻有著大理石的乳白，賽門心又蹦蹦跳著。那一頓午晚餐吃了五個多鐘頭，賽門是因為坐在海邊的餐館，使他浪漫的忘了時間，而 Julia 則是被賽門半夜三點起床趕到機場，下了飛機又趕了幾個小時的行程感動了。他們談到李，當賽門得知李的去世，他臉上有明顯的心痛並沉默許久，他們也談到大可，奇異的是賽門將自己的心扉打開，開始了自己的身世介紹。

十五年前回到英國的賽門很快就在石油公司找到工作，而在同時，賽門父親要競選議會議長，母親將賽門一起拉向競選的漩渦中，既悲哀又激動；賽門的政治觀點無法與父親一致，賽門見到太多選區有著貧民窟的存在，這些選區雖然不在父親的選區內，但父親對工黨的輕視是他不能苟同的；賽門常常去偷聽工黨的政見，在那會議中，賽門遇見了伊麗莎，一個工黨議員的女兒，後來成了他的妻子；賽門結婚那天，父親缺席，母親及舅舅出席，賽門從未仔細思考這婚姻的抉擇是否明智？或者只為了反對父親的保守黨。

牛津政治學系畢業的伊麗莎，是柴契爾的崇拜者，她也有進議會的夢，對工黨有著由父親傳給她的熱情。每晚與妻子睡在一起的賽門發現伊麗莎回床上的次數越來越少，每日開車到不同地區參加會議，陶醉在那些煽動性的演講詞中，賽門漸漸懷疑自己的婚姻是不是來自愛情？他後悔過，但是，賽門母親提醒他伊麗莎出身名門，高智商，高學歷，身材高挑，並為賽門生了一個五歲的高智商兒子，母親的話使賽門退一步的思考，伊麗莎雖強迫自己拉票，她要做打破傳統的強勢婦女，但是絕不會與賽門離婚，因為一個離婚的女人被那些守候在議員室外像兀鷹般的記者知道的話，下場會很慘，將無法光明當選。為了那群唯恐天下不亂的記者，也為了不讓父親恥笑，賽門告訴自己，他要做個好丈夫、好父親，更是一個好的女議員丈夫。

賽門回華盛頓的飛機上開始回憶和 Julia 會面的五小時晚餐，才發覺自己對 Julia 毫無保留，而 Julia 也用極認真的態度傾聽，沒有插嘴，有時將眸子飄向窗外，但她一直在聽，反而沒有講太多她自己十五年來的生活，賽門除了知道李博士已去世外，就只知道 Julia 住在舊金山，剩下六個月會在精神病院以外，Julia 是神祕的，賽門深深後悔自己忘了問那個蘇俄人是誰？他是誰？賽門想到頭痛，閉上眼睛開始補他近一個月的失眠，至少 Julia 同意他給她郵件，他會寫的，眼皮沉重的睡了。

Julia 給了尼克生日禮物及一頓精美的法國菜晚餐，尼克在去加拿大的飛機上想整理與 Julia 的交往，三年過去了，Julia 總是記得尼克的生日，而尼克的姐姐一直催他向 Julia 求婚，但尼克知道Julia曾說過不結婚、不生孩子。尼克與大可相處三年，他有母親的細緻，又有大男孩的文化思想，他要努力學業，他要成功，要給母親過好生活。好生活？為什麼大可不認為Julia已經成功了？她已經有好生活了？大可曾說自己母親不結婚是為了大可，大可錯了，成功的母親並不相信任何男人；尼克知道大可的父親曾是個感情衝動而又暴躁的男人，但是當Julia有一次病後說了一句：「我從來沒有戀愛過，也沒有告訴任何男人『我愛他』。」尼克初聽，心中竊喜Julia不是一個濫情的女性，只有俄國貴族的婚姻有權利濫情放任；尼克害怕承擔婚姻和孩子的責任，當Julia告訴尼克，尼克只有六個月可以續租Julia在舊金山的樓下客房時，尼克感到傷心，因為Julia從未把自己看成她生命中的一部分，她心中只有兒子和工作。

尼克打開Julia送的禮物，是一個咖啡色的皮夾，標籤上有二百七十元的標價，Julia留了一張禮物卷告訴尼克如果不喜歡這個顏色，可以去換其他顏色。尼克嗅了嗅這個昂貴皮夾的香味，Julia告訴尼克這是名牌，尼克本想退回拿現金，但又怕Julia誤解；他們是矛盾的，尼克沒有送過Julia生日禮物，上週Julia生日時，尼克又忘了，Julia說：「算了，已過了。」尼克有些懊悔自己的疏忽，突然Julia拉住尼克，在他耳邊說：「由加拿大回來，買個戒指給我。」尼克問：「為什麼？」Julia說：「因為我是你的女人。」

賽門在報告中得知內華達州有一個空軍基地的防衛，蘇俄的GRU正進行一項隱密的任務，賽門想那蘇俄小子一定與那項任務有關，賽門要深入了解這項任務不是為了蘇俄小子，而是那東方女人。

賽門不停的想起第一次見到 Julia 的印象，回憶中李博士的妻子穿著有如梵谷（Van Gogh）的向日葵（Sun Flower）畫作中顏色的大裙子，那皮膚在陽光下如此乳白，那微笑，像是夢。是緣分？這緣分隔著大海洋的分割，又再相見了；十五年前，賽門暗戀一個男人的妻子，這個祕密連母親也不知道，更沒有告訴過妻子，那是道德的枷鎖；而十五年後，這個害羞的東方女子已成為一個律師，丈夫去世，為什麼那個蘇俄人對她大吼？去新疆？他是蘇俄間諜？賽門一頭霧水，他發誓他要保護李博士的妻子，一定要查出怎麼一回事。

美的姑姑打電話請 Julia 速到舊金山見她，美出更大的事了，面臨酒店關閉，Julia 了解自從 Jim 回來以後，美很少給 Julia 打電話，當然出了事也不好意思告訴 Julia。Julia 將公事交給幾位助手，回到舊金山，Julia 的車子停在姑姑房子外面，看到美的新車也停在車房外，Julia 笑了，美是個可愛又樂觀的人，可是在美國沒有她父親的撐腰，她運氣也下滑了。

姑姑的客廳有 Julia 送的古色古香的日本木檯燈，Julia 心中一陣溫柔又心酸的感覺，美坐在檯燈下，眼睛直視著 Julia，Julia 剛要坐下，姑姑建議到飯桌上商談。一大堆凌亂的公文在桌上，Julia 最先看的是連鎖店總公司律師來的信，WH 總公司提出嚴重控訴美的酒店已違規合同，在總公司發信的同時，公司將訂房網路關了，導致美的酒店完全沒有來自外界的訂房；兩週來，酒店只有零星的客人。被公司解約的理由是有人向總公司報告美的酒店將萬能鑰匙給客人，為了客人的安全，更為了公司的名譽，總公司必須調查，如調查屬真，美可能要賠償近百萬元的美金，因為合同將被提前解約。

整個事件源由是一個被美辭掉的一名員工——白人，四十八歲，有二個孩子，曾在其他酒店工作十年，因老闆將工作時間由每週四十個小時縮成二十小時，所以他要辭職。美曾打電話去問他的前任老闆，前任老闆承認工作時間減少，但這個員工 Dennis 是個不錯的員工，不常請假，且是一個好父親。Dennis 工作前兩個禮拜極為平靜，有一晚六點，美正在辦公室工作，客人不多，Dennis 站在美辦公室門邊，他問美是否嘗他帶來的麵條及香腸？美告訴他要回去與姑姑晚餐，當 Dennis 知道姑姑沒丈夫，他用曖昧的聲音問：「妳們東方女人有錢，沒有丈夫是什麼滋味？」美警覺到 Dennis 的問話輕浮，她不愉快的回答：「請不要再問這種私人的問題。」Dennis 嘻皮笑臉的說：「我是關心妳的生理問題。」那晚，姑姑要美辭掉這個人，美第二天與 Dennis 面談，他向美道歉。

一週以後，有位老太太將自己的鑰匙放在酒店房內，Dennis 將一把萬能鑰匙給了老太太，這事沒有告訴美，卻寫在公司的登記簿上，美在翻登記簿時也看到這個老太太用了一晚萬能鑰匙，是 Dennis 給的，但她並沒有留意嚴重性，也沒責問 Dennis。第三週，有位韓國的女律師經常到 Napa 辦案子，每週待三天（週二、三、四），她已在酒店住了一個月了，她向美洽談並抱怨上晚班（三時至下午十一時）的 Dennis 經常敲她的門送香皂及洗髮精，剛開始，她極為感謝，Dennis 總是西裝整齊的員工，但是目前已嚴重到一晚敲三次門；美無法置信的聽完，她向女律師道歉，並願將她此行三天的住房費退回，女律師不再回美的酒店，美辭退了 Dennis。

辭掉後第二天，經理 Josh 告訴美一個壞消息，有客人打電話來取消二十五個房間的訂房，二十五個房間住一週是美幾個月前訂下來的，對這只有三十九個房間的酒店來說是大業務。美打電話去問取消訂房的原因（因為美已收了百之十的訂金），取消訂房原因將美嚇出一身冷汗，客人看了 Trip Advisor 的報告，擔心自己的安全，所以取消訂房。

美放下電話，打開 Trip Advisor 的網頁，天哪，有三個客人投訴，第一個是在美酒店遺失了照相機，第二個投訴有人敲門賣毒品，第三個客人說他有萬能鑰匙……，美被這些意外嚇暈，緊急送到醫院，醫生證明美有高血壓，並且因焦慮過多，背上長出水痘，極痛又癢。美繼續訴說著，出院後，第一件事是請姑姑打電話給 Julia，Julia 看著信突然問美：「Jim 到那兒去了？妳不是和他同住嗎？」美低下了頭，姑姑說：「Jim 回到前妻那兒，在曼谷，前妻得了癌症。」是的，Jim 走了一個月了，難怪 Dennis 會對美騷擾，Julia 又問美：「目前公司的網路訂房系統還是關著？」美點頭了，Julia 又問：「公司有否派人來檢查？」美搖頭，Julia 又問：「公司除了寄信以外有沒有人與妳連絡？別搖頭及點頭，我需要真相，我也需要 Dennis 以前老闆的電話。」「不用打給 Dennis 以前的老闆了，那個電話已作廢，我猜想那是個假電話，我已打過了。」

Julia 坐在自己的書房，全身疲倦不堪，四個小時的車程，再加上二個小時來回車程到美姑姑的家，再回到自己的家，六個小時捲入這場美及晉弟生死線的案子上，晉弟在臺灣絕不知道酒店面臨關閉及賠款的情形。Julia 洗了個熱水澡後，眼睛實在張不開，把鬧鐘設定半夜三點，倒頭睡下了。

鬧鐘在 Julia 的被子裡響起，她起床悄悄的走到大可房間外面，確定大可沒被吵醒，再回到自己的臥房，將美 W.H 總公司律師的來信看了一遍又一遍，她憤怒的情緒燃燒了；Julia 沒有對美說任何一句埋怨的話，美的傷已夠淋漓盡致了，沒有空間再受打擊了。Julia 開始回信給總公司，打了近兩個鐘點的信，Julia 有信心使這個案子盡快解決，因為重點有六項：一、酒店有資料證明總公司接到的報告來自一個因性騷擾而被辭退的員工，如果公司能證明不是他，酒店有權利知道報告者是否真實報告事項，否則是誣告；二、酒店總經理（美）承認酒店的記錄簿有一次是 Dennis 將萬能鑰匙給了一個只住一夜的老太太（附上老太太電話），Dennis 是故意給的（老太太只住一夜），他先做後寫報告；三、連鎖店與酒店有合同，應站在同一條線上，不能因為一個被辭掉的員工誣告而訴之法律來解約，太衝動；四、公司並沒有查出除了老太太的一夜以外（由 Dennis）之肇事另有的萬能鑰匙發生事故，在完全不夠證據的情形下誤解酒店違規不安全，誤傷酒店的名譽及助紂為虐的與辭去員工一起攻擊酒店生意；五、請總公司看此信中的文件，三個員工發誓信（affidavit）作證 Dennis 對女性總經理及一位韓國女律師的性騷擾；六、Dennis 同時在 Trip Adivsor 網頁中破壞酒店及總公司連鎖店名譽，他製造了一連串的犯罪行為傷及酒店名譽，而 W.H. 總公司卻幫這可惡的員工欺負有合約的小酒店，這已不是法律的問題，而是道德的行為破裂。以上六點本律師代表這小酒店提出，並要求一週內答覆。

酒店已喪失近一個月的收入，而酒店的支出及員工的薪水被總公司威脅著，Julia寫完信，整個人有如虛脫般回到被子裡，三個小時以後要為大可準備早餐，Julia的眼睛又乾又澀，再爬起來點了眼藥水再次回床睡回籠覺。

Julia的掛號信寄出給總公司一週以後，W.H總公司派了陌生人來住酒店，櫃檯給出的房間鑰匙只能用於該房間，客人要求換房間，再換一支鑰匙也並不是萬能鑰匙。第二週公司來了一封正式公文，表示通過檢查，以後一切合乎規則；雖沒有道歉，但是美的合同已入了合法軌道，原則上公司已找到了下臺階。美打電話給Julia，要她回舊金山時一同吃法國菜，另告知Jim將回美國並要對Dennis報復，Julia告訴美，吃法國菜沒有必要，但絕對要離Jim遠些，並警告美，Jim不是她父親，報復不合法，Dennis是個罪犯，但是Jim要把美變成另一個罪犯，那將是美一生最大的悲哀。

尼克失蹤了幾天，Julia打手機也是關機，Julia沒有尼克辦公室電話，她開始後悔自己要求尼克搬出去，那不只傷了尼克的心，也傷了大可的心，大可與他如此親密，但是Julia並不習慣與男友正式同居，雖然道德法官（父親）已過世，但是Julia不知道自己對尼克的感情是哪一種？他如此善良，沒有親人在美國，只有一個好友John，記得去年John的父親生日，他曾是蘇俄的警察頭子，舉辦近五十人的中型舞會，Julia參加了，尼克不善舞，不起身，由John不停的邀請Julia，而John的妻子——一個蘇俄的博士，卻不停的介紹她的牙醫弟弟，牙醫是除了John外另一個與Julia共舞者。Julia在回家的車上對尼克抱怨這場舞會是她在應酬，而尼克只是不停的吃著蘇俄的鹹魚及麵包，Julia最難受的是尼克給了John父親一個生日紅包五百元美金，因為Julia知道四年來尼克沒有給過自己一份生日禮物，尼克用溫和的聲音說：「一九九五年蘇俄大飢荒，也是我最後一年在莫斯科大學博士班，我半夜餓得胃痛，與室友一起到學校廚房偷了二個土豆（馬鈴薯），二人被抓到並關了二天，而此時，John寄了罐頭給我，他是我二十年以上的好友，而妳與我才相識四年而已。」Julia看著車外黑色的雨撒向尼克的日本車，她不能想像飢餓的滋味，尼克雖不是最佳男友人選，但，他的靈魂被洗鍊過，一個有歷史滄桑的男人，Julia第一次澈底了解他，決定不與尼克節省個性糾纏了。尼克去那裡了？又失蹤三天了！哇，一輛卡車闖了紅燈，Julia要剎車，太晚了，眼前一片黑……

美及姑姑在醫院待了一個早上，姑姑正與急診室的醫生交談，美及大可緊張的站在旁邊聽，醫生向美的姑姑報告：「Julia的血壓正常，而腦的CT測驗也正常。」大可問醫生：「我母親由昨夜到現在已經十七個小時尚未醒來……」醫生按著大可的肩膀笑著說：「她很快就會醒的，可能太累了，多睡幾小時，我給她小量鎮靜劑。」此時美及姑姑看見一個穿灰西裝的男子坐在Julia的病床邊，大可自動告訴她們：「他是賽門，英國人，是父親的學生，他昨晚半夜來到病房，卻不能入病房內，因為醫院規定半夜病房只能有一個家人，他坐在病房外一夜沒睡。」

Julia醒了，睜開眼看到一雙眸子，那眸子令Julia心弦悸動，Julia不知道這眸子是誰？「我是賽門‧雷佛塞。」Julia還在思索？頭不舒服了，她閉上眼，想起來了，一輛大卡車對她衝過來，自己在醫院？「大可？」Julia尖叫起來，「大可去上學了，昨晚妳醒過。」昨晚？昨晚自己醒來，大可在自己身邊？為什麼自己沒有記憶？

賽門與伊利莎結婚八年，有個七歲的兒子，兒子六歲生日那天，賽門送來參加生日宴會的朋友走出大門，見到妻子與一個皮膚咖啡色的男子擁吻，伊利莎回頭發現丈夫看見了。賽門告訴母親，母親認為伊利莎不久後要競選議員，勸賽門把伊利莎與陌生男人的擁吻當成浮光掠影，不能離婚。浮光掠影？那咖啡色大手緊抓自己妻子的胸部，在黃昏的夕陽下有如一幅最醜陋的油畫。他開始申請到美國外交部工作，賽門父親極為高興為他安排，賽門到外交部對自己政治有利的，賽門可以成為自己的好幫手，他在美國得到的情報一定先傳給自己父親。雷佛賽爵士很快安排自己兒子到華盛頓英國大使館，賽門料想不到，在美國第一個去外州的晚宴，就由命運安排見到了十五年以前就愛上的東方仙子Julia。

晉弟戀愛了，三十歲的女人應該沒有資格擁有這麼美的愛情，而基歐卻在第一次到臺灣時吻了晉弟，並且告訴晉弟他已愛上了她。晉弟在驚嚇中沒有昏倒，她告訴基歐並不能因為她無意間救了他父親的病而用這麼重的禮還回來，可是基歐用他的心、他的吻感動了晉弟，晉弟害怕那太美麗而溫柔的感覺，她打電話向 Julia 求救，怕自己的感動只是個夢，一個六呎高的義大利紳士會愛上一個不足五呎的東方女人？Julia 嚴肅的告訴晉弟：「這是妳一生的機會，打開心房，懷抱這個真實又善良的男人，他是一個孝子，沒有欺騙的心。」晉弟欣喜得到好友的祝福。

她聽每一句、每個有關酒的故事、酒的歷史，基歐告訴晉弟，他雖然從出生就開始接觸酒香，但是父親卻不要基歐只在酒園工作，所以他學了經濟，如今母親去世，父親病過，基歐開始認真的學習酒園工作。基歐有本紅色的記錄筆記本，他相當誠摯的邀請晉弟與他一同學習，晉弟是個醫生，酒精是病人重要的朋友，但是如今才知道酒的世界是如此奧妙及廣大。

基歐由顏色開始教晉弟，紫色代表鹽酸，灰色代表琴酒，黃色是威士忌，紅色是葡萄酒，藍色代表硫酸，綠色是消毒劑；在酒園上看到葡萄上有黴菌，就使葡萄汁的糖分化成酒精，這種結果才可口；製酒廠要幫浦、塞門及管子；軟木塞銀色金屬容槽，容槽的橫斷面是橢圓形，要很穩固的放置在底盤上……。基歐再次看著晉弟用她小巧動人的手不停在一個醫生的筆記中速寫著基歐的每一句話，他內心充滿了愛意，忍不住要吻她，她卻害羞的說不能在大庭廣眾下如此親吻。基歐在臺灣的萊萊五星級飯店住了近兩個禮拜，但沒有見過晉弟的父親，覺得遺憾，晉弟保證第二次他來臺時會帶他去見父親。因為第一次來臺完全是為了兩人相處，基歐問晉弟，是否第二次再來臺灣時也可以將自己父親帶來？晉弟埶起腳跟吻了他，基歐喜歡晉弟的可愛及溫柔，更喜歡她那充滿愛意的微笑。

冬天了，灣區的河也寒冷，Julia 與賽門坐在奧克蘭市（Oakland）的傑克倫敦海邊餐館中，室內鋼琴演奏著一首美麗的曲子《我的心留在舊金山》，賽門自言自語的道：「這麼美的歌，在倫敦聽到時常想起妳。」Julia 看著他疲倦的臉，手上的戒指已不在了，為什麼？上一次在海邊餐館第一次見面，他手上有婚戒，之後，賽門寫了幾次郵件給 Julia，Julia 卻心中不安的沒有打開過，也許怕打開它有太多的祕密及複雜的解釋。為什麼一個戴著婚戒的英國男人對自己有興趣？雖然沒打開他的郵件，但 Julia 也沒有刪去，是否那個祕密答案在信裡邊？這個祕密今日可以知曉？

賽門知道 Julia 正在研究自己，她那犀利的眼神使自己不安，她不是十五年前的仙子，她不再害羞，她成了一個律師，兩人在午後冬日的陽光中沉默著；窗外有停泊的小船，餐館內有肉香、酒香，客人杯觥交錯，歡樂的享受，多美好，加州的冬天也真好。

「賽門，你怎麼知道我住院？」Julia 終於開始問話了，賽門照實回答：「經過三個月，妳都沒回郵，我忍不住打電話到療養院去，他們告訴我妳已換到奧克蘭工作，我得到妳家中電話，打電話到妳家，由妳兒子那知道妳出了車禍，我在當天就坐飛機到舊金山灣區。」

Julia 再次震撼了，賽門寫信並拜訪自己幾個月以前手上還帶著婚戒，幾個月以後又如此緊急的關心自己在醫院的車禍受傷？為什麼？為什麼這次戒指不見了？「為什麼？」Julia 忍不住追問，賽門眼睛一亮：「為什麼？」他重覆 Julia 的問話，並盯著 Julia 的臉，那臉尚有瘀青，他溫柔的說：「因為……因為這張臉我已愛了十五年了。」

賽門幾乎沒有希望可以將工作換到舊金山，舊金山沒有大使館只有辦事處，而且辦事處並不缺人；賽門還是打電話給父親，請他幫忙調到舊金山辦事處，父親沒有能力去辦一件沒有工作職缺的調職，母親卻來了好消息，她為兒子找到一個在史丹福大學當助教的職位，二月份正式任職。賽門發覺自己已經無法再顧大使館的成績，也沒問出蘇俄人是否為間諜，Julia 是否是間諜？天哪，每次見到 Julia，自己就不能控制的要看著她、聽她、回答她的疑問。

自從這一次見到她，已在六個月內見過二次，卻沒有問出她是誰？不，當自己告訴她自己已愛她十五年了，她震憾著，也躲避自己的眼光。她很快的結束那午後的午餐，在送賽門回舊金山機場的車上，她只說了一句：「我已有男朋友了。」是的，她已有男朋友了，「他是蘇俄人？」賽門忍不住問？她的手幾乎抓不穩方向盤，車禍後，使她有些激動：「賽門，你在調查我？」賽門聽出她話裡的敵意：「我沒有調查，只是無意中見到妳及他在一個舊金山外交部的晚宴中。」外交部？Julia 壓抑自己的情緒，賽門由華盛頓來探望自己的病情，卻足足待了超過了兩週，他還記得自己十五年前的黃蓬裙子，為什當他凝視自己時，自己老是心跳？

兩週前 Julia 由醫院醒來看到鏡中半邊臉一些小浮腫眼皮及臉上的瘀青及紅塊，更不耐煩了，Julia 當時要大可出病房，當賽門一個人時，Julia 質問：「為什麼你一直盯著我？我臉又腫又紅又青，難道你不了解一個女人的自尊？為什麼如此無禮盯著我？」賽門彎下了身，靠近在她耳邊說：「妳臉也許腫了、紅了，但是它們會消失，我的皺紋不比妳的臉漂亮，他們只會增加不會消失。」Julia 半張著嘴，沒有言語，她不相信世上有這麼柔情的男人，至少尼克沒有，從沒有一個男人在 Julia 的心中留下如此深刻的語言。

Julia 將眼睛閉上，想想自己這一生由法學院的杜龍生開始，杜龍生對自己三年的暗戀由一句「天涯何處無芳草」走遠了，Julia 沒有痛苦，卻遺憾過；接著由財政部次長的兒子及夫人疼愛了四年後也重獲自由了；婚後，大可的父親使 Julia 內心最深的溫柔死去，不再有愛情的憧憬；Sean 的出現，一個幼稚的律師，接著尼克，一個蘇俄科學家，天哪，這麼多的男士出現在 Julia 的人生中，那一個是愛？還是自己躲不過追求？在美國有男朋友是個護身符，不再會有更多的男士打擾？難道和尼克在一起只是為了擋外界的其他追求者？尼克愛自己嗎？他沒有求婚過，也沒有羅曼蒂克的細胞，沒有向 Julia 訴說過他的愛，Julia 沒收過他的生日禮物；每年尼克總是失蹤幾天或幾個星期，可是 Julia 知道大可是如此喜歡尼克，大可與尼克的親密連繫著 Julia 的心，Julia 知道大可對尼克的感情是兒子對父親的感情，當自己要尼克另找房子時，大可生氣的將自己關在房中一天不與Julia說話，Julia不能不重視尼克，想到尼克，Julia覺得自己與賽門所談的私事已越軌，為了保護尼克，Julia再次說：「對了，我的男朋友是蘇俄人。」賽門沒有驚訝，他拋出一句：「妳愛這蘇俄人嗎？」賽門上飛機以前，Julia都沒有回答這個問題。

尼克回來了，他告訴Julia及大可，他去加拿大拜訪姐姐了，尼克要Julia為他寫一個合同，他要買一個小屋，與Julia的房子只差幾個路口，可是尼克現金並不夠，他不肯拿出四〇一K退休金的錢（會罰款），他由姐姐那兒借了幾萬美金，加上自己的存款也只夠百分之十訂金，尼克又不願以後每月要付太多的房貸款，Julia對尼克的不合作態度有極大的不耐，尼克似乎是個異類，善良但是麻煩，Julia最後借他百分之十，尼克寫了五萬美金的借條，尼克硬要在購屋合同上加上Julia Wu的名字，Julia不同意，她認為只要有借據，不需要自己名字在房產上，但尼克說：「貸款之人是尼克，Julia只要名字在房子上就可以，如果尼克有意外，至少Julia會處理房產。」Julia不想花太多的時間與尼克爭論，這個小屋是由Julia的員工那兒買到，員工父親去世，尼克幸運的以低於市場百分之二十的價錢買下，尼克簽了合同，自己名字在尼克的房子上占了一半。尼克搬入新屋那晚上，是大可在他新屋中睡一夜，Julia沒有與尼克同房，尼克極為難受，雖然他不是一個會說自己難受的人。

尼克搬進新的小屋第一個月便向Julia求婚了，Julia拒絕了，並告訴尼克自己可能不再生育，沒想到尼克失望的問：「因為英國人的出現？」Julia 呆住了，她盯著那藍色痛苦眸子，沒有回話，「大可告訴我英國人的事，大可要我向妳求婚，妳曾經要求過戒指。」Julia 支支吾吾的回答：「我對蘇俄不了解，看過《戰爭與和平》及杜思妥也夫斯基小說《罪與罰》……」尼克生氣了，他切斷 Julia 的話：「我將有加拿大國籍，也會留在美國工作。」Julia 知道自己感情的最後審判來到，婚姻，是大可父親留下的陰影，又是一個科學家？命中註定？第一次是為了父親出嫁，這次要為了兒子結婚？嫁給一個由蘇俄來，經常失蹤到加拿大卻又在美國買房子的尼克？不久前，尼克又催她陪他到新疆？Julia 有太多的疑問，況且尼克不是一個容易溝通的男人，不容易溝通？嫁給一個不容易溝通的男人？不行，就算大可叫他爸爸，自己也不能再犧牲了，只希望自己再花些時間了解尼克，也許，可能自己願意他陪自己一生，這是個善良而且愛大可的男人。

美懷孕了，這次美要保住這個孩子。她們在姑姑的家中共同晚餐，美驕傲的告訴 Julia：她與 Jim 分手了，Jim 回到曼谷了。Julia 吃驚的問：「為什麼懷了他的孩子才趕他走？」美看了姑姑一眼，姑姑沉默無語。美樂觀的說：「小梅，我已認命，我們劉家的女人沒有結婚的命，我弟弟在臺灣已結婚，且有了孩子，父親對我不再期待。」Julia 看了姑姑，姑姑還是沉默。「美，我以為妳愛 Jim，既然愛他，又懷他孩子，為什麼不結婚？」「結婚？再過幾個月，我就三十九歲了，適合當新娘子？」Julia 笑了：「美，這是二十一世紀！三十九歲生孩子在上世紀可能是很少見的，如今三十九歲結婚只能說是成熟。」姑姑終於開口了：「美這次的決定是用大腦，她愛 Jim，並承認愛上了一個浪蕩子沒有前途，Jim 可以做愛人，沒法做父親，美要賣掉酒店，回臺灣去生產。」Julia 看著美，美的臉上有太多的滄桑，一個經濟系的高材生，夢想美國白雪的日子，受苦時卻沒有父親做後盾，現在終於要回到父親的懷抱。Julia 羨慕美的父母尚健在，也羨慕美的勇敢，她永遠做最快的決定，而做最壞的打算。

「如果 Jim 追到臺灣怎麼處理？」美大笑：「Jim 如果到臺灣，我父親會用衝鋒槍對付他。」美說完這句話，Julia 和姑姑大笑，似乎 Jim 已被美的父親抓到。「美，真的不再信任美國的生意投資了？」美大聲回答：「No，歐巴馬還有三年，我會死在他手裡！」Julia 不明白的看著姑姑，姑姑解釋：「美如果賣了酒店，所得大部分要繳稅，歐巴馬對中產階級的商人夠狠的。」美國是民族的大熔爐（melting pot），鑄煉出形形色色的人民百姓，這也是美國多元社會的永恆吸引力，新來的美國人要衝破語言及文化的障礙及挑戰，再成立新的價值觀，它的文化中有多少蘊藏的的智慧，能讓優秀的移民割捨父輩的家鄉，到這實現自己的美夢？姑姑不同意 Julia 的說法。

「美國變了，歐巴馬明年要開放的新移民並不優秀，是沒繳稅偷渡來美國當寄生蟲的。」姑姑說著氣到臉紅了，美及 Julia 二人沉默著，姑姑接著說：「我們醫院有一個短工 Part time 的墨西哥清潔員工，幾年前向政府申請他八個孩子的福利，而事實上他只有一個孩子在美國與他女朋友同住，另外七個孩子都在墨西哥他太太家中，他的福利因此被柯林頓總統拒絕，因嚴查他並沒有八個孩子在美國，到了布希時代也沒成功，去年，他再度申請，由於歐巴馬政策不需要嚴查，他拿到八個孩子的福利救濟金，如今每月由美國政府供給幾千美金，這名清潔工不再需要工作，一年回去墨西哥度假二次。」Julia 忍不住問：「八個小孩中，年齡最大的幾歲？」美的姑姑說：「還要啃美國福利好幾年，因為最大的孩子只有十一歲。」美大叫：「姑姑，給我他的名字，我要舉發他。」姑姑搖頭說：「醫院幾乎每個人都知道，他還來看免費病，我相信早有人去報告，但是那些給福利的員工也需要大量要福利的懶人，他們的工作才能更穩，這就如同癌症，小梅以前說過的。」三個女人憂傷的沉默了，最後美自我安慰的說：「我不會再給這些懶人福利，我要回臺灣了！」

Julia 等在酒店的大廳，她穿了一身白色棉衣褲，今天是耶誕節前兩天，每年這一天 Julia 開始放自己假，今天與美和美的姑姑一起，耶誕晚則會與尼克及大可一同拆禮物。突然，她看到了一個令她心跳的影子由大廳二樓走下來。

賽門在美的酒店訂了三晚（上次在醫院認識美及美的姑姑），美神祕的告訴賽門，今日Julia會來酒店與她和姑姑碰頭，她們三人原本計劃去舊金山的雙胞山（Twin Peak）旅遊，那裡可以觀賞整個舊金山城市，接著去金門大橋步行，中午將去日本城午餐，這一連串的計劃原本沒有包括賽門，賽門的出現是美給Julia一個驚喜的耶誕禮物。

舊金山冬天的天氣有些像不愉快的怨婦，雖不像倫敦霧濛濛的，卻也感覺到空氣中的冰凍，陣陣的冷風飄入領口。賽門原想買把傘帶在身邊，但不知為何，想起了父親——佛雷賽伯爵一生都帶著一把深黑的傘，賽門嘴角一彎的笑了，放棄買傘的念頭，卻買了一件暗紅色的運動夾克，看到自己鏡中的裝扮像個美國人，他感到很滿意，白襯衫在暗紅的夾克裡顯得雪白，領帶也出色了。

Julia放下喝了一半的橘子汁，吃驚的看著賽門的出現，他怎麼又出現了？這是Julia第一次看到沒穿西裝的賽門，運動夾克使他年輕而英俊。「賽門？真是魔術？你什麼時候來的？」賽門神氣的回答：「昨晚來的，怎麼樣？這夾克是否使我像個美國人？」Julia沒有馬上回話，美國人不可能打領帶去爬山、走金門大橋，Julia指著他的領帶說：「這個領帶不像美國人爬山的裝備。」賽門像一個小孩般把領帶拔掉並說：「我買了雙新運動鞋。」美的姑姑走進了酒店，見到穿著運動夾克的賽門，她心中一震，這男子真帥，姑姑直覺的認為這個英國人是 Julia 最適合的伴侶，他如此細膩、用心。

姑姑第一次見到賽門時，他滿臉鬍鬚，一夜未眠的守在 Julia 的病房外，一個男人的真愛震憾了她的靈魂，賽門自稱是大可父親的學生，為什麼一個英國學生會對 Julia 如此一往情深？而此次美告訴姑姑，賽門要給 Julia 一個驚喜，訂了美的酒店，要求她對 Julia 保密，多可愛的英國男人！歐洲男子的深情不再只存在小說中，活生生的現於眼前。

姑姑沒有妒忌，卻無法不想起自己心愛的 Dr. Johnson，幾個月以前，Dr. Johnson 與姑姑在醫院遇見，他的兒子打球撞傷腦，已昏迷十幾天了，姑姑忍不住去看 Dr. Johnson 兒子的病歷，她心痛的想找出治療方法，她相信那孩子在各部分都健康的情形下，會醒過來；姑姑甚至要美陪她一同去舊金山的廟宇中跪拜祈求，美在那次跪拜中了解到自己對於 Jim 的愛情是肉體上的依戀，在心靈中是沒有 Jim 位置的。中國傳統的古訓，當一個女子將自己身子付出時，男人得到女人身子時，那女人就是屬於那男人，而 Jim 同時擁有二個女人的身子，來回的輪替著。美告訴自己：不可以，Jim 一定要從自己生命中消失。

雙胞山的天氣突然陽光普照，遊行的團體一波又一波的湧入，美及姑姑並肩走到前面，Julia 幾乎被人推擠著，賽門用手護著 Julia 的肩，Julia 感覺在這上百人的推擠中只有賽門與自己的存在。賽門是沉默的，如山的姿態般靜定，而 Julia 的內心有如被暴雨及烈風洗禮著，Julia 忍不住偷看賽門的側面，如此端正；賽門似乎查覺 Julia 的凝視，側臉向著 Julia。在這雙胞山，陽光白雲間，Julia顯現了她的溫柔，那溫柔是十五年前的輕靈，如山泉般的激越著自己內心的瀑布，那像一生的祕密，不能透露。

晚餐時，賽門沒有提到蘇俄人，卻提到他自己的兒子，他給Julia看Adam的照片，Adam有著像父親的額頭及眼睛，一個才八歲的男孩穿著成熟男子的西裝領帶，賽門似乎查覺到Julia的想法，他解釋著：「那張照片是他生日時照的，他祖父自他一歲生日時就為他準備了小西裝。」Julia突然自言自語的說：「我要為大可訂一件西裝了，他再過幾個月要從高中畢業了！」賽門真誠的說：「我將要回英國去，我可以帶西裝布料給大可，英國的毛呢是世界有名的。」Julia的心抽了一下：「回英國？請不要帶西裝料給大可，我要帶他回日本或臺灣訂做，這兩國都有他舅舅們可以給意見。」

賽門沉默了，難道這又是拒絕他接近她兒子的理由？美告訴過賽門，大可對尼克的感情將是賽門搶不過來的，賽門並沒有想過與尼克搶大可的感情，但是自己的兒子將是一個小難題，想到Adam孤僻的個性，或許知道父母不合，母親已經當選市議員，經常把Adam交給賽門母親扶養，祖父母的教養沒有改變Adam的個性；賽門思念Adam，他有把握Adam會喜歡大可，十六歲的大可顯得有禮、成熟，與Adam是可以變成好朋友。

「賽門，你回英國度假多久？」Julia的問話打斷賽門的思維，他心跳了一下，這是第一次感覺到Julia在乎他的歸期，第一次表示她希望再見到他。賽門又叫了一杯紅酒，Julia

沉默的等他回答，她也意識到自己的期望已亮了綠燈。賽門說話了，他提到自己妻子不忠的往事，母親要賽門忍住，如何忍？他只要想到妻子，不只是羞恥，而是噁心，雖在賽門出國前，夫妻之間沒有過爭吵，也不睡在同一房間，但比離婚更淒涼。Julia 聽著，第一次見到賽門如此激動，但不夠熱烈，彷彿在談別人，談個好友的悲痛，沒有切膚之痛的恨？難道他對妻子沒有愛？Julia 無法回話，二人的思維有如跌入了森林，侍者過來問是否要甜點時，才打破了沉默；Julia 點了一個巧克力蛋糕，賽門叫了一小杯威士忌。賽門慎重的像告訴他自己，又像告知 Julia：「我要回英國離婚。」Julia 嚇了一跳，期期艾艾的說：「請別為了我……」「不，不全為了妳，是為了我的尊嚴。」

Julia 的書架已容不下過多的藏書，她心愛的詩人們是她的摯愛，母親的插花曾是 Julia 愛的幼苗，但是，滋潤她於大可父親婚姻中死去的靈魂的卻是威廉・葉、伊莎白・柏朗的詩。幾十本詩、幾十本小說使 Julia 的內在累積了更圓融的軌跡；年輕時，家中貧窮帶來的苦，濃得無法隨歲月逝去，埋藏在心靈深處那不敢輕啟的角落，希望永遠塵封下去；而如今，賽門帶著他不完美婚姻的痛向 Julia 告白了，Julia 有種同病相憐的感覺，賽門不再是個陌生人，一個外表帥氣的英國男子，他自尊背後的殘破令 Julia 心痛，觸動她內心的母愛，她要一針針的為他縫補，想到這，Julia 停住了，為什麼僅是買個書櫃，就有千萬個理由想到賽門，又想到大可的父親？

新買的兩個書櫃驕傲的擠進了大可房間及 Julia 的臥房，大可大叫：「媽媽，書櫃使我的臥房太擠了！如今有手機，人們用手一滑就可以閱讀各種各樣的書，沒有人像媽媽一樣，每一次搬家，總先搶救書本，深怕搬家工人弄壞它們，連我都嫉妒那些抱在妳懷裡的書本。」Julia 吃驚的看著大可，他的話使自己發覺太久沒有與兒子溝通了：「大可，我只是將帶去療養院的書搬回家來。我放一個小書櫃在你房間是要你區分那些書，將你最喜愛的書放在你房間。」大可不解的問：「書放在我房內及書房有何不同？」Julia 笑了：「書就像朋友，有要好的朋友，也有次要好的朋友。」大可茫然了，Julia 知道大可是一個喜歡問為什麼的孩子，記得當他五歲時，Julia 問他長大以後要做什麼？他的答案是警察，六歲時的答案是老師，等到十七歲時，大可思考許久後，對 Julia 說：「母親，我太小了，不知道我長大以後可以做什麼。」Julia 溫馨的笑了：「大可，你雖小卻可以計劃。」大可歪著腦袋想了一下，又說：「媽媽，計劃只是空想，不可能實現。」Julia 搖頭了：「大可，我們已有機票去日本見家人對嗎？」大可的眼睛亮了：「是呀，那是我最期待的，還有兩個月零三天又十七個小時。」大可遺傳父親數學的天分；Julia 早先訂了機票，給了大可日期及時間，他記到現在。Julia 握著大可的手說：「計劃不是幻想，我們計劃去日本，雖買了機票，卻要等二個月以後才可成行，而你人生的計劃也可以一面計劃，一面等，你的夢就會實現。」大可又想了一下說：「我不知道我要當律師，還是像父親一樣是科學家。」Julia 的眼眶溼了，她總告訴大可，他的父親是個偉大、發明多項專利的科學家，他的照片及史丹福大學博士畢業證書掛在大可的房間內。

如今大可十七歲了，問的問題有時候會使 Julia 招架不住，例如：「媽媽，日本這個國家偉大嗎？」Julia 回答：「日本沒有文盲。」「媽媽，哪個國家有最多的文盲？」「印度。」大可又追問：「共產國家有文學家嗎？」Julia 走到書架上拿了一本《戰爭與和平》給大可，並說：「這是尼克的國家，共產國家當然有文學家。」大可看著母親給的一本重書，搖了頭說：「這本書太厚了，閱讀起來有些浪費時間。」「大可，任何美好的種子不會一夜成長，文學是心靈的東西，不需要一口氣看完這本書，但是，一定要看，才能更了解尼克。」大可看到母親嚴肅的表情，撒嬌的說：「母親，最後一個問題，OK？」Julia 彎一下嘴角：「最後一個。」「尼克是蘇俄人？還是加拿大人？」Julia 愣住了：「大可，你問過尼克嗎？」「問過了。」「答案是什麼？」大可沒說話，Julia 好奇的追問：「大可，尼克的回答是什麼？」大可悶悶的說：「他沒有回答。」

賽門回到英國，第一件事是到母親那兒見見自己兒子，賽門給父親帶來一個消息——日本電腦系統晶片及德國放射像要運到新疆的「羅布泊」，而蘇俄、美國均捲入沒有「木星」的太空祕密。伯爵知道，二〇〇二年聯合國外太空的協定中，只有兩個國家沒簽字，一個是中國，另一個是蘇俄。

賽門與母親談到了離婚，母親很沉重的說：「親愛的賽門，沒想到十七年前送你去美國史丹福大學讀工程，你卻陷入這十五年的暗戀，一個東方男人的妻子，如今十五年後又相遇！她真的使你成了一個瘋子；由照片中看出她是個美女，一個律師，但是，她年紀比你大幾歲，又有個十六歲的兒子……」母親皺著眉數落著，賽門蹲到母親腳下，用一種妥協而企求的聲音：「母親，Julia 的特別，我無法三言兩語說清楚。妳是美國人，不能封建，不論您與父親是什麼態度，我都要娶 Julia 為妻；目前有一個優秀的蘇俄科學家搶在我前面。東方女人的出色全世界皆知，臉書（FaceBook）執行長娶了中國女人，美國共和黨主席（House of Republic Chief）的妻子是中國人，甚至丹麥王子的妻子是個香港女士，我不是個成功的男人，也不是個大政治家，更不是一個王子，我是誰？我是個失敗者，娶了一個令我羞辱的白人女人。」母親張著嘴流淚了，賽門摟住了母親喃喃的說：「我與伊利莎的婚是離定了。」

大可與 Julia 抵達了日本，來接機的只有兩個舅舅，大部分的日本親戚都保持距離，Julia 敏感的知道這是因為日本與中國之間釣魚台的矛盾。Julia 將歷史解釋給迷惘的大可聽，大可說：「媽媽，我們早些離開日本。」Julia 與大可祭拜完 Julia 父母後，即轉至臺灣。到了臺灣，大可見到晋弟阿姨好高興，因為晋弟阿姨家中的牛肉乾是世界上最可口的。

晋弟為 Julia 訂了來來飯店（Sharaton Hotel），並且付了十天房費，Julia 過意不去，但晋弟說是補償 Julia 在那帕酒店時與總連鎖店的官司費用，Julia 稱謝了。幾天以後，Julia 見到了基歐及他的父親，他們由義大利來臺灣，也住在來來飯店，晋弟央求 Julia 陪基歐父子去見自己的父親，她很怕父親會發怒及發瘋。

晋弟的父親已賣了臺中的布店，也不再在迪化街做生意了，他在臺北市中心博愛路開了一間大的門市部，神氣的三層樓，生意興旺。當他看到 Julia，他衝過客廳握住 Julia 的手：「您那尊敬又美麗的母親去世太早了！」Julia 一鞠躬道謝，但納悶為何自已父親也去世了，晋弟父親卻不記得。此時，晋弟父親將 Julia 的手握得更緊了：「晋弟的母親去年去世了。」Julia 驚訝的看了晋弟一眼，晋弟說：「梅子，我沒有告訴妳，因為當時妳出了車禍在醫院中。」

此刻，晋弟的父親突然看到兩個高大的外國人站在 Julia 的身旁，他好奇的問：「這是妳的美國朋友？」Julia 笑著搖頭：「他們不是美國人，他們由義大利來臺灣，是來拜訪您及晉弟的。」晉弟父親眼睛睜大有如牛眼：「來看我及晉弟？」問完又轉頭看了他們一眼：「他們不是美國人？」Julia 走到晉弟身邊暗示她應先單獨與父親解釋完再介紹基歐父子，晉弟要求 Julia 陪同，Julia 用英文說：「不能沒有禮貌的丟下基歐父子，我陪他們看店裡的食品，也許他們要買些牛肉乾回去。」晉弟與父親隨即上了二樓。基歐的父親像小孩子般嘗著肉乾，他欣喜的說：「這些肉乾配我的紅酒，太美味，有如人間天堂！」Julia 看著基歐，他的表情極為緊張，一直盯著樓梯，Julia 知道基歐感到不安，不是因為語言不通，而是他怕失去晉弟。

Julia 正為基歐父親換算美金與臺幣之差，基歐父親買了兩箱的牛肉乾。此時，晉弟悄悄來到 Julia 身旁，Julia 發覺晉弟哭過了，紅著眼低語：「小梅，請上樓與我父親談話，我送基歐父子回酒店，否則等一下父親下樓會更無禮。」

Julia 上樓了，廖父正喝著一杯米酒，他看到 Julia 進來，突然像孩子般哭了起來，Julia 無法開口，幾分鐘以後，他停止哭泣，開口說話：「晉弟造反了，她說她愛上了這個義大利人！我連義大利這個國家在哪裡都不知道，這真是中邪，如果是美國人我還能理解？義大利？一個身高高到晉弟要拿梯子去接吻的男子，晉弟真的瘋了！」Julia 靜默，廖父問她：「武小姐，告訴我，我們祖上無德嗎？為什麼晉弟的運氣這麼壞？我要她與義大利人分手，否則我與她斷絕父女關係！」Julia 還是沉默，廖父對 Julia 只安靜的察言觀色顯示些許不耐，他大聲的問：「武小姐，別不說話，妳不能見死不救，晉弟是妳最好的朋友！」Julia 坐下了，望著廖伯父漲紅的臉，上面堆著有如愛因斯坦的亂髮，她感動那份父愛，她開口：「廖伯父，我真羨慕晉弟，她有父親如此關愛她，而我父親已去世了。」廖父安靜了，這句話有鎮靜作用，「伯父，晉弟並沒有瘋，她很幸運的找到真愛，那個義大利人，名字是基歐・帆冷，他是一個孝順的男人，晉弟在美國自己的酒店裡救了他突然中風的父親；基歐與晉弟已交往快一年了，這是基歐第二次來拜訪臺灣。」「不可能，絕不可能，晉弟連英文都說不好，絕不可能用義大利文談戀愛。」廖伯父跳起來大叫，Julia 安靜的等廖父安靜下來後說：「伯父，我父親愛上我母親時，他不會日文，我母親愛上我父親當時，也不懂中文；愛情不是語言，真愛更不是語言可以阻擋的，愛有自己的溝通方式。」廖父安靜了一會兒，又倒了一杯米酒，Julia 繼續說：「伯父，基歐家在義大利有一個小酒園，晉弟正在學習酒的知識。」「不，不，不可以，晉弟不能離開我去義大利，絕不可能！」廖父咆哮，端著酒杯在原地打轉，Julia 深呼吸了，她緩緩的說：「晉弟不會丟下你及她女兒，她可以在臺灣住半年，也可以邀請您去義大利住半年。」廖父不停的搖頭：「不可能，我太矮了，去義大利不合適。」Julia 對廖父的斷然拒絕愣了一陣，兩人陷入安靜中，後來，Julia 再度開口：「伯父，義大利不全是高個子，就如中國人不全是矮個子，這個世界已漸漸成了聯合國，國與國之間已避免戰爭，國與國之間有如鄰居、朋友，不再仇視及陌生，更不是敵人。」廖伯父思考 Julia

的話後提出：「難道晉弟要與這義大利人結婚？」Julia回答：「我尚未聽到基歐求婚的事，但，他父親來了，表示極有誠心談到婚事，伯父，他們不再是孩子般的戀愛，他們兩人都是快四十歲的中年人。」「不可能，不可以結婚，他太帥了，到了義大利，他會像前女婿般的玩弄其他女人，也玩弄與晉弟的婚姻。」Julia看著頑強的廖父，她知道太難了，廖伯父不可能一時之間改變想法，她放棄了。

那晚晉弟在Julia的酒店談了一夜，「晉弟，我認為基歐的出現給了妳父親太大的震撼，我們需要時間。」晉弟緊張的拉著被子：「小梅，我沒有時間了！」Julia嚇住了，「為什麼？難道妳病了？」晉弟將背轉向牆說：「我懷孕了。」

廖父身穿鐵灰色的西裝打著領帶，這是Julia第二次看見他穿西裝，第一次是晉弟婚禮時，他著深藍色的西裝，這次他似乎比見總統還慎重，他要與基歐父親談女兒婚事，Julia做為他們的翻譯是非常辛苦的，因為基歐父親英文吃力，基歐要為父親翻譯，比手話腳講著。Julia坐在來來大飯店的餐廳中卻無法忘了昨夜花了三個多小時與廖父的痛苦糾纏。

昨晚，廖伯父見到Julia極為憤怒，他暴跳的指責Julia是個共謀，因為Julia沒有阻止晉弟，廖父認為Julia的母親是個高貴善良的女人，而Julia是個將朋友推下水的人，Julia忍受著、沉默著，當廖父提到 Julia 的母親不應嫁給 Julia 的父親，那也是 Julia 母親早逝的原因時，她簡直忍無可忍，終於釜底抽薪的說：「晉弟懷孕了。」

廖父安靜了，大吼的臉瞬間驚嚇得慘白，幾乎要暈倒，他跌坐到地上，拒絕 Julia 的扶持，突然他站了起來，對著晉弟母親的遺照開始號啕大哭：「晉弟媽媽，我們女兒瘋了，她竟然和一個外國人懷了孩子，難道這是我逼她生孩子的報應嗎？」哭聲停住了，廖父盯著 Julia：「她還沒結婚，為何懷孕？」Julia 開始解釋，基歐原來的妻子不孕而選擇與他離婚，父親又中風，晉弟為了給基歐更多的愛決定試婚，孩子是幾個月以前基歐來臺灣拜訪時懷下的，晉弟相信緣分，決定如果懷孕就嫁他，如果沒有懷孕就放棄這份真愛。廖父大怒，驕傲的說：「晉弟神經病，為何要犧牲，她是個有名的醫生，為什麼那麼自卑？」Julia 回答：「伯父，別忘了晉弟三十八歲了，不能確定自己是否能再懷孕，孩子生下時會是三十九歲了。」廖伯父安靜了：「男方知道嗎？」Julia 點頭了，廖父說：「這簡直是對我勒索！」Julia 又點頭了。廖父問：「懷孕多久了？」「幾個月了，晉弟說再過幾天可知道嬰兒的性別。」

廖父轉身點上三根香，對著晉弟母親又拜了三拜，Julia 鬆了一口氣，廖父突然轉身問 Julia：「武小姐，我有個重要的問題，請老實回答我。」Julia 點頭了，「武小姐，妳認為中國人聰明？還是義大利人聰明？」Julia 想笑，但看著廖父極嚴肅的表情，她沒有笑出來，她一個字、一個字的說：「廖伯父，不論是中國人聰明或是義大利人聰明，您享有雙重福利，因為你的外孫有兩種聰明的基因。」廖父極為滿意 Julia 的答案，他說：「武小姐，你認為婚宴應辦在義大利？還是臺灣？」Julia 的手臂被晉弟拉著，看到基歐的嚴肅表情，再看廖父西裝整齊的看著 Julia 找答案，她想笑了，她知道她必須公平，一個是孝子，一個是孝女。Julia 建議在義大利先舉行，再回臺灣宴客，Julia 非常吃驚廖父居然答應了，而且他沒有要求基歐姓廖，Julia 認為廖父知道，沒有人會相信基歐姓廖。

今晚是基歐父子在臺灣第八天，明早要飛回義大利，廖父與基歐的父親很快的成為好友，廖父甚至公開自己的製肉鬆、肉乾工廠，而基歐父親認為這趟臺灣之行是雙喜，他要將自己的酒銷售到臺灣，而廖父的牛肉乾、火腿將外銷到義大利。Julia 有著滿滿的幸福感，她一直認為晉弟是一塊碧玉，基歐是個幸福的男人。

晉弟告訴 Julia：「謝謝妳的兩本小說，羅伯・酷克（Robin Cook）及麥可・曠藤（Michael Crichton），醫生的職業不是終身的，我可能要從醫院辭職了。」Julia 緊張的問：「晉弟，妳父親同意嗎？」「別擔心，梅子，我父親有我十三歲女兒陪伴，我會半年在義大利製酒，半年在臺灣為父親製肉乾。」Julia 不放心的問：「妳要將醫術及病人都丟了嗎？這樣值得嗎？」晉弟害羞的說：「當然值得，我懷的是雙胞胎，兩個男孩，一個姓廖，一個是帆冷二代（Valent J.R.）。」

大可在尼克家的時間增加了，大可對尼克極為崇拜，尼克教大可數學，使大可拿到極高的SAT分數。大可令Julia驕傲，五年時間拿到了初高中的畢業證書，他有父親數學的天才，又有母親的仁慈，他常在課餘時間免費到兒童醫院打工，大可將他二年暑假在神經病院的體驗當成人生的初次挑戰，他深深了解到心靈及大腦受傷的人的無奈及勇氣，他沒有申請史丹福大學，而是申請了尼克推崇的耶魯大學。

美陪著姑姑由Dr. Johnson家回來，Julia知道去年Dr. Johnson因癌症去世，姑姑心痛更勝於他的妻子，姑姑去Johnson家住了一個月，陪他哀痛的妻子。Julia問姑姑是否告訴Johnson妻子有關伊麗莎白（姑姑女兒）是Johnson的女兒？姑姑搖頭了，為了對死去Dr. Johnson的尊重及女兒的平靜，這個祕密只有隨著Johnson帶進天堂。美抗議的說這對伊麗莎白不公平，美問Julia的看法，Julia慢慢的、小心的回答：「美，姑姑已埋著這祕密二十二年了，況且伊麗莎白剛訂婚，姑姑的選擇不是不公平。」美委屈的說：「姑姑當幕後的英雄太長時間了，我會讓我的孩子知道他的父親是誰，不論結不結婚。」姑姑摟住了美說：「小美，世界上不是所有事都能用經濟學來衡量它是否公平，尤其感情上的事是屬於個人的，我當個驕傲的母親比當一個合法妻子更快樂。」Julia忍不住插嘴問姑姑：「姑姑，如果妳的生命再活一次，妳會再選 Dr. Johnson 嗎？二十二年，妳的青春……」姑姑搖頭了：「我絕不會再認為愛情比青春更神往，東方文化使東方女性犧牲太多、太殘忍了，當年我太年輕，而美的父親更殘忍。」三個女人都沉默了。

賽門人在倫敦，他用三篇文章敘述與 Julia 重逢的愛有如桂冠般的幸福；十五年的愛，賽門如今自由了，他離婚了。Julia 讀著賽門的告白，內心起了波動，並熾燃著強烈的嚮往，但她不敢回郵。曙光乍現，Julia 開車去美的姑姑家，姑姑已過六十歲，皮膚尚光滑，Julia 羨慕著姑姑。看著 Julia 發紅的臉，姑姑不開口，等 Julia 先開口：「姑姑，賽門來郵件，他離婚了。」姑姑彎嘴角笑了，慈祥的問：「他為妳做了他該做的，妳如何與尼克結束？」Julia 憂愁的回答：「我沒有準備好，這個案子不是這麼簡單。」姑姑吃驚的說：「小梅，愛情不是案子，不要用大腦去規劃，讓心帶著你走，妳為晉弟的愛情做了最好的證人，最好的詮釋，為什麼到了自己卻退縮了？」Julia 坐了起來：「姑姑，賽門父母我未見過，他的父親是伯爵，我不想高攀他們家族，更何況我比他大二歲，又有兒子大可，有資格戀愛嗎？」姑姑再次吃驚的回答：「小梅，賽門如果能娶妳是他的幸運，妳是我認識所有的女性中最有智慧又美麗的女子，妳有太深的東方女人傳統包袱，一生只為了責任而活——做個好女兒、好妻子、好母親，妳真正愛過嗎？妳將自己心門關了起來，當條件尚可的男子追妳，妳就把他當做不戀愛的護身符；與尼克的相處只為了大可，可是大可很快就要去外州的耶魯大學，他有自己的人生及愛情，妳不能為大可牽掛一生。」

Julia 沉默了，姑姑問她：「告訴我，妳對賽門的感覺與尼克可有不同？」Julia 閉上了眼，細細思考後回答：「賽門像夢一般飄進了我心湖中，三十九年了，他是唯一令我心動的男人，他對我的愛太美好、芬芳、脫離現實；十五年前的我是動人的年輕女子，如今已不是了，而尼克，沒有父母、沒有兒女，他喜愛大可，大可又崇拜他，是一種自然的生活習慣，我心中完全沒有壓力。」姑姑突然問了個殘酷的問題：「小梅，上一次妳與尼克接吻是何時？」Julia 驚嚇的雙眼已給了姑姑答案，她幽幽的說：「已超過一年了，我無法再讓他碰我。」

Julia 在姑姑的沙發中醒過來已是第二天的下午，她抓起皮包想往外衝，突然姑姑由後面追上抓了她手臂說：「小梅，妳太累了，今早手機響，妳沒醒，妳辦公室來電話，我告訴妳的祕書妳病了，今天無法到公司，我要請妳吃個超早的晚餐（下午三時）。」經過梳洗，姑姑帶 Julia 到了聖市第三街的韓國店。

姑姑看著 Julia 恢復元氣呈粉紅色的臉，忍不住讚美：「小梅，妳母親一定是個美人，妳有特殊的乳白皮膚，天生的麗質，難怪賽門為妳瘋狂。」Julia 似乎怕提到賽門的名字，她將頭轉向牆上的畫：「姑姑，妳喜歡我，才說我美麗，但是我不年輕了。」姑姑突然用嚴肅的聲音說：「小梅，我理解妳和我相像，看待愛情比事業、甚至生命更神聖，因為愛太深了，愈發珍惜不敢碰。我年輕時自以為偉大，為愛犧牲了，如今我不希望妳為了自尊而犧牲愛情。妳可以買一張機票去見賽門父母，一個東方有教養的女子，在沒有見過對方父母，甚至對方有一個兒子的情況下，是不會接受求婚的，但別拿妳的自尊與愛情較勁。」

Julia看著姑姑如此慎重，極為感動，眼眶含淚，忍不住說：「賽門比我年輕，長相又帥極了，可以相信這緣分嗎？」姑姑沒馬上回答，Julia心中有些涼意，姑姑覺得賽門不適合嗎？Julia不了解自己這種患得患失的感情，多年來多少帥小子追過自己，Julia總像照X光般看到對方缺點：律師Sean比自己小很多，Julia從來沒有擔心過對方六呎高及帥極的眼睛；尼克是一個許多人認為長相佳的男友，Julia也自信的與他相處；為什麼偏偏遇到賽門就失常，與賽門相識近二年，每次見面自己總是心跳得看不到他的缺點？難道這是愛情的定律，對自己不動心的男人特別挑剔？但在心儀的人面前，她又顯得如此平凡？

「小梅，妳似乎在年齡、外表上考慮太多了，有一件事當我告訴妳以後，妳將會心胸大開，不再去追究這些外在條件。」Julia不敢動筷子，等姑姑告訴她那件事。姑姑說：「先喝湯，吃完第一碗飯我才說。」Julia感謝姑姑的慈愛，喝湯及第一碗飯結束時，姑姑對她說：「小梅，妳在醫院時，全臉又紅又腫，醜極了，賽門在病房外待了一晚沒閉眼，這種真愛行為是大可父親不能做到的，而尼克也絕不可能做到。」姑姑的話有如母親般的溫暖，她告訴自己一定要與尼克談一談。

賽門從小就愛英國女王，從賽門出生後，祖母就不斷告訴他女王的故事；一九八三年二月六日是女王登基六十週年慶典，十歲的賽門由祖父、父親牽著參加，那天父親驕傲的告訴他，六十年前只有十三歲的女王伊麗莎白帶著妹妹瑪格麗特，在全國哀痛她父王去世的演講中勇敢的致詞並安慰全國的老百姓，她在成熟與堅強中登上女王的位置。年輕的她，十八歲時遇見了她的丈夫，她的夫君追了女王八年，結婚那天她對英國人發誓，不論她生命長與短，女王將自己獻給國家，這是她的天職；一九九二年舉國在大雪中慶祝她八十五歲。

如今英國經濟緊張，又不能像美國一樣印鈔票，英國及法國只能在經濟的海嘯中萎縮，國會第一項工作是要摔掉歐盟，英格蘭又要鬧獨立，他們占英國百分之三十二的土地，已過了三百零七年了還鬧個不停。皇家銀行RBS可能遷出英格蘭，Shell石油公司要留在英國，銀行常火大的要「獨立」，不再用英鎊。麥卡隆總理與女王、國會緊張的開會。

賽門坐了近二個小時，父親一再談著國事，賽門幾次想開口說自己已再遇到Julia的興奮，但父親已將自己奉獻給了國家，太多說不完的經濟懸案、歐盟的退出失敗，反覆的討論，尤其是希臘。賽門放棄討論自己的離婚事件，他已準備先斬後奏，只求母親盯好父親的高血壓。

賽門走出父親的辦公室，用手摸著母親給他的祖母綠寶石盒，他問過母親為什麼珠寶沒有給伊利莎（賽門前任妻子）？母親說祖傳之物必須是屬於真愛，況且當年賽門父親沒有參加賽門的婚禮，因為賽門娶的是工黨的女人也是父親的敵人。賽門笑了，他開車到旅行社訂了前往舊金山的機票。

這個週末，大可要與朋友去露營幾天，Julia 請尼克來自己家中，決心要與他深談。尼克高興得像孩子般的笑容使 Julia 心酸，當 Julia 看到尼克將自己梳洗用的褐色包包放在大可的浴室中，不由得心中又一緊，然後看著尼克打開他的旅行袋取出二條鹹魚、食品等。尼克滿得意的看著鹹魚，似乎他已含在嘴裡：「我在舊金山公園附近的 Richman 店買的，他們有各種不同的麵包，我買了二種，還買了軟糖，妳喜歡的。」說完將一個紙袋交給了 Julia，Julia 打開紙袋口，瞧見袋內不同顏色的軟糖，心中更難受，因為尼克開始注意到自己的喜好了。

晚餐中，尼克吃著鹹魚及 Julia 煮的豆腐湯，而 Julia 吃著青菜及炒蝦，呆呆的發覺飯桌上的食物幾乎是兩個國家般的壁壘分明，尼克沒有動 Julia 的青菜，Julia 也沒有碰尼克的鹹魚；Julia 曾經為了討尼克高興吃了幾次鹹魚，但是實在太黏了，她只好停止。飯後，尼克拿出二部由圖書館借來的黑白影片，Julia 知道尼克不喜歡任何愛情影片，彷彿愛情是一種非常曖昧而不潔的事情；尼克不喜歡開玩笑，太慎重，不夠羅曼蒂克，也許這是 Julia 一開始接受他的原因，比起不少美國男律師出口有重重的髒話及不少的性挑逗動作，尼克是個異類，純樸、仁厚；但是，在生活中卻是一種窒息，尼克常使在美國生活十幾年的 Julia 窒息，例如宴會中拒絕打領帶，他像孩子般任性而自私。

Julia 看著尼克如此沉醉在這無聊的外國影片，影片中兩個土耳其人爭奪一塊魚池土地，Julia 覺得無聊，但如果她走開，尼克會受傷，Julia 坐著，忍不住問尼克：「尼克，你在蘇俄看過電影嗎？」尼克沒有轉頭，眼睛盯著電視，想了一下，將電影暫停，他直視著 Julia 回答：「有一次家中朋友送了二張電影票，母親不願將姐姐留在家中而與我去觀賞（尼克父親早逝），母親要我單獨去看電影，回來以後再向母親及姐姐報告電影內容。」Julia 好奇的問：「是什麼性質的電影？」尼克說：「是一個戰爭片。」Julia 很快的問：「哪一個國家贏了戰爭？」尼克沒有笑容的說：「蘇俄打贏了。」

那晚，第一部電影結束，Julia 禮貌的告訴尼克她太累了，無法撐到第二部電影結束，在 Julia 回房同時，心想只能等第二天再與尼克深談。那天半夜，尼克爬上 Julia 的床，Julia 驚醒後，極力拒絕尼克拉扯她，使盡力氣將尼克推到床下，尼克含著淚問她：「英國人又回來了是嗎？」Julia 沒有回答，只覺得肩膀又酸又痛，眼淚也不自覺的落下。

美的臉是蒼白的，灣區冬天有些淒冷，Julia 將客廳的壁爐打開了，美穿了一件粉紅色的大毛衣，五個月的身孕還不顯眼。她坐在爐邊的白沙發上，屋外居然不少飛蛾在沙窗上輕輕的撲擊著，美忍不住說：「只有加州冬天還有飛蛾飛個不停。」Julia 滑稽的說：「也許飛蛾不知道冬天已來到了？」美說：「今天有個買主來看酒店，出的價錢不差，也許該請妳幫我寫合同了。」Julia 答應著，她問美是否真的放棄美國的事業？美站起來走到窗邊，幽幽的說：「在美國付了十幾年的稅，沒有好處，移民局通知我成為美國公民，我拖了不少年沒去，美國自從尼克森關上了金幣制（Gold Standard），經濟一直跌，政府想回到金幣制度已不容易，美國沒有足夠的黃金讓他走回頭路，而歐巴馬又加倍的照顧這些合法及不合法的窮人，天哪，我絕不做一個倒霉的美國人。」

Julia 理解美的感受，Julia 勉強辯論著：「妳是恨歐巴馬，但是他至少不像布希為了家族企業、工業及石油利益將美國捲入戰爭去充實自己的荷包。」美轉過頭大聲的辯道：「梅子，妳到了美國是幸運的、成功的，我出國前調查九〇年代的美國，最高納稅的人是商人，房地產巨人，這些人不是律師，也不是醫生，沒想到我一個學經濟的輸得這麼慘。」Julia 呆住了，她聽出了好友的抱怨，看著美的臉，Julia 感到心疼。

美比 Julia 早一年到美國，又有一個姑姑為她拿到獎學金，如今，滿臉滄桑，Julia 不知道如何安慰她，美又挑戰的問 Julia：「梅子，妳認為歐巴馬比布希不自私？他利用不合法移民為自己拉票！」Julia 點頭同意：「也許歐巴馬把自己幻想的有如林肯，林肯的偉大是解救黑奴，那是為人類尊嚴及靈魂的行為，而歐巴馬把不合法移民邀請進美國來啃美國經濟的根是令人心寒的。」美心中平衡了，美認為至少 Julia 認同意歐巴馬的可惡，美又問 Julia：「小梅，妳可知 BRICS？」Julia 點頭了：「BRICS 的聯盟會在二〇一四年來到，而它的來臨會使黃金貶值。」接著，二人都陷入了沉默，桌上一杯茶已涼了。

晚餐後，美又提到酒店出售之事，美溫和的說：「梅子，我知道妳可能嫁到英國，晉弟會嫁到義大利，我再過幾個月要生產，我要回臺灣生孩子。」Julia 一面收拾晚餐桌上的碗盤，一面回答：「美，我沒有要嫁到英國，賽門沒有向我求婚，況且大可在美國，我的家在美國，不論我去英國或世界各個角落，我的家在哪裡，哪裡就是妳的家，我們感情已超過姐妹。妳要面對幾個現實問題，我發現了一個真理，這個世界上沒有十全十美的政府及領導人，我們不能不停的逃避，美國有世界上最強的軍事，臺灣還有個坐牢貪污的總統陳水扁，臺灣已改變太多了，不再是以蔣中正為王國了，以前無知的農民如今已暴發為大財主，而妳在美國繳了十幾年的稅金，應該將妳的孩子生在美國，爾後再回臺灣。」

美望著 Julia 天使般的臉，深深的感謝也深有感觸，Julia 很適合美國，她能適應一切環境，也能在違反她本性的環境下去展現她的特質，她在智力與道德上有良好素質，能明辨善與惡，且擁有不自我、不自私的善良德行，對美這個好友是毫無保留的付出，美內心如海水般澎湃著，她開始感覺幸福，有姑姑、父母及Julia的愛，那是何等的幸福。她突然大叫起來：「小梅，有個祕密我答應別人保守，但對妳不公平，我要告訴妳。」Julia莫名其妙的看著美，她還是那個一分鐘悲劇，一分鐘喜劇的個性，Julia沒有回應等著美的祕密，美冒出了一句：「賽門父母要來美國了！」Julia恐慌的抓住美的手臂：「何時來？」美沒有說時間，興奮的說：「賽門為他父母訂了我們酒店唯一的大套房（Suite），一共八天，我給了他百分之五十的折扣。」Julia軟弱的逼問：「美，告訴我，什麼時候？」「三天以後。」美終於完成了洩密的工作。

賽門母親的弟弟在好萊塢當麻醉醫生，邀請賽門父母來美國參觀自己新開張的診所，有另外三個外科醫生與他合作；同時賽門父親劍橋大學的同學的小女兒出嫁，婚宴在聖摩太爾的鄉村俱樂部，這二件大事使二十年不到美國的佛羅賽伯爵決定了這次美國旅行。賽門內心澎湃著，他知道這是他唯一的機會讓父母，尤其是父親與Julia見面。

幾天前在餐館，Julia說想去英國旅行，賽門高興的問：「喜歡住到英國嗎？」Julia緊張的盯著賽門，研究了半天他話裡的意思，Julia搖頭了：「自從九一一之後，我已經是美國人了。」賽門好奇的問：「妳母親是日本人，妳在臺灣出生，真的能成為美國人？」Julia笑了：「中國人有句名言『做一天和尚就敲一天的鐘』，但是，我沒有忘記自己是有著中國及日本的血統的東方女人。當美國利益受傷，我有切膚的痛，而看著中國與日本為了一個小島又要成為敵人，我內心也感到痛苦。」賽門喜歡 Julia 談到政治及軍事，而剎那 Julia 停住問了一句：「賽門，你為什麼一直認為尼克是個間諜？」賽門心沉了一下，又是尼克，就為了這個尼克，祖母的戒指藏在西裝裡，一天又一天的待著。「因為尼克曾逼妳去新疆。」Julia 不高興的說：「我不會去，尼克也不是間諜，他也沒有去新疆。」賽門知道一定要換個話題，每次談到尼克，Julia 的表情就僵硬了，他轉移話題：「Julia，告訴我妳的父母……」Julia 喜歡談父母，他們永遠是她生命中的火炬，談到 Julia 的父親，她會談起戰爭、東方歷史、歐美的歷史，賽門有把握自己父親會陶醉於 Julia 的知識，她那學識上的聰慧及自信，表現了另一個角度的女性美。賽門突然發現室內一片平靜，只有餐館的工作人員走動，他們成了餐館最後一對客人，而賽門一直沒有將珠寶盒拿出來。

他一定要想辦法在父母來到以前再見她一次，他撥了 Julia 的電話，手機關機，半夜了，再過兩天父母將來到美國，而賽門卻還沒完全掌握住 Julia 的心。

Julia 看到手機中賽門留了幾次言，她心中尚有微怒，賽門總是令 Julia 驚喜，但是城府太深，不告訴她父母要來美國，卻讓自己的好友先知道。她邊開著賓士車在灣區大橋上邊思考著，下班時刻由烏克蘭到舊金山二十分鐘車程，會塞到一個小時才到的了，Julia 常用這一個小時來思考尚牽掛在心中的問題。明顯的，賽門是一個完美的追求者，貴族的家世及學養，紳士般的個性，Julia 想起上次賽門回華盛頓的前一晚，Julia 在義大利餐館談到自己的父母，又談到歷史、政治，當Julia發覺一頓晚餐吃了五個鐘頭，而賽門隔天要搭早上六時的飛機，她對自己的長篇大論感到抱歉，沒想到紳士的賽門說他可以換班機或延後，彷彿與Julia談話是最大的陶醉。Julia想起自己從來沒有對尼克大談自己的見解、理想，難道是怕尼克不欣賞自己的見解？尼克不可能信任一個女性的學識，蘇俄女性頭上沒有一片天，除了女間諜，蘇俄女人是幾何學上的一個點，只有位置（母親、妻子及女兒），沒有長度、寬度及厚度。

Julia的手機響起，她困在車速只有零點五哩的車陣中接了電話。「哈囉，Julia我是賽門！」Julia心跳了，賽門人不在眼前，只有聲音，為何自己還會心跳手抖？她沒有答腔。「Julia妳在嗎？我已開車過了奧雷崗（OREGON）州，正要進入加州，我將找個酒店在加州住一晚，明天晚上可以趕到舊金山與妳晚餐。」哇，可憐的賽門，Julia忘了賽門將由華盛頓辭職來加州史丹福大學上任，Julia告訴自己要大方、不能生氣：「賽門，你父母再過兩天要來美國對嗎？」Julia失敗了，為什麼自己的質疑有如一個女朋友？還是對賽門父母的到來有著恐懼？

「親愛的Julia，美告訴妳了嗎？我沒有告訴妳是怕妳緊張，我原本計畫明日晚餐時再告訴妳的……」兩人都沉默了，Julia換了話題：「舊金山橋在塞車。」賽門深呼吸的說：「Julia我正經過一片林道，加州真美，公路上有海岸，小城中有綠樹，好香的味道，真希望妳能在我身邊。」Julia 又心跳了，如果在賽門身邊多好，可是如今 Julia 的腦海不停的想著賽門父母要來的消息，心中沉重著，賽門又問：「過橋了嗎？」Julia 回答：「快了，尚有一個出口。」

Julia 打開自己的衣櫥任由美挑選衣服，今晚她們赴鄉村俱樂部（Country Club）參加賽門父親朋友女兒的婚宴，這是美到美國以後第一次參加大型宴會，近五個月的身孕需要傘狀的洋裝，Julia 告訴美，自己有兩件母親用日本布裁的懷孕裝，極美又優雅，美喜歡極了，不知該穿哪一件。而 Julia 選了一件紫色洋裝，加上白色珍珠項鍊，美抗議這樣不夠豔麗，她要 Julia 穿上曾在臺灣三軍俱樂部穿的那大紅藍花的洋裝，Julia 拒絕了，她溫和的解釋：「美，請了解為什麼我不能花枝招展，第一、這是我第一次見賽門父母；第二、這是一個年輕女人的婚禮，我沒理由搶鋒頭；第三、我們可能是唯一被邀請的東方人，低調些比較禮貌。」美怔怔的看著 Julia 說：「梅子，妳一盆冷水潑得我不想去了。」美拿起的皮包被 Julia 搶下：「美，求求妳，別小孩子氣，我無法一個人去見賽門父母，妳是我家人，為我打氣及祝福可以嗎？」美點頭同意了，但是要求 Julia 一定要換一付彩色寶石的耳環，Julia 同意了，換了一付寶石耳環及紅寶石項鍊。

佛雷塞伯爵眼前一亮，他看見一個態度高雅的東方女人走進婚禮堂，紫色洋裝裹著修長的小腿，深褐色髮絲梳理得完美，只見賽門衝到她面前，她是誰？另一個身著傘狀服裝的東方女人在她身旁，伯爵昨晚見過了，那是那帕小酒店的女主人，英文流利，是一個不到四十歲的東方女人，擁有間價值幾百萬的酒店又是個經濟學系的碩士。伯爵有種新奇感，他曾經在會議桌上領教過一些亞洲的政客，他們用沉默是金的法寶搶走不少福利，他對這兩個東方女人有了極高的興趣。

Julia 這一生只為賽門動心過，如今要面對他的父母，Julia 覺得自己三吋的高跟鞋變得沉重不已。「Julia！我的老天爺，是妳？」Julia 轉過身循著大吼的聲音看過去，是 George Fox，「George，怎麼是你？你為什麼在這裡出現？」Julia 原本緊張的心掛在雲端上，如今 George 的出現，她認為極好，多一個熟人，緊張的溫度下降了。George 驕傲的說：「我是新郎的舅舅。」

婚禮開始不到十分鐘，Goerge 來到賽門父母及 Julia 這一桌（George 原來坐在新人家屬那一桌），他開始用大嗓門向賽門家人介紹 Julia 是他律師事務所的明星律師，伯爵默默聽著，嘴角的微笑盪開了，賽門母親用手握住了 Julia 的手掌，使 Julia 不自覺的想起了自己母親的手，也是如此溫暖。Julia 抬頭看了一下賽門，他正津津有味的享受 George 的大嗓門，坐在他身邊的伯爵，儀表出眾，六呎高的身材配上鐵灰色西裝、深藍領帶，顯出莊嚴的神氣，不知為什麼想起再過二十幾年，賽門也會像他父親一樣出眾，Julia心跳而臉紅了。那是個一流的婚宴，一流的樂隊，室內衣香鬢影。宴會結束後，賽門父親要賽門早點回酒店，他要知道這個東方女人與自己兒子的關係。

「賽門，你認識這個東方女律師？是什麼時候認識的？這也是你離婚的理由嗎？」賽門毫不緊張的回答：「當我二十三歲時，我就愛上了Julia，我離婚的理由是我妻子有男人。」伯爵全身一陣麻，以為自己聽錯了，很快的向賽門母親望了過去，賽門母親神祕的笑了，點了頭表示早知道這個消息，伯爵呆了一下又問：「那麼當初你為何沒有娶這個Julia，而娶了我敵人的女兒？」賽門抿了嘴唇說：「我愛上Julia的時候，她還是一個東方男人的妻子。」「什麼？怎麼有這麼瘋狂的事？」賽門母親覺得自己該為兒子插嘴了：「Julia的丈夫是史丹福大學教授的助教，原則上是賽門的助理教授。」伯爵追問：「她先生到哪兒去了？」賽門細心的向父親報告Julia的先生已去世，十五年以後賽門在舊金山宴會中再次遇到Julia，至今又過了兩年了。

伯爵第一次見到兒子那麼深情的談著一個女人，他覺得年輕真好，至少有精力談戀愛，伯爵又不解的問：「如今，你已經離婚，她又是單身，這簡直是上帝的傑作，你在等什麼？」賽門敦厚的說：「有一個蘇俄人搶在我面前，他已追Julia好幾年了。」伯爵衝動的由沙發上跳了起來大聲說：「兒子，你可不能輸給蘇俄人，他追幾年？你可是足足愛了十五年。」

說到這，伯爵鬆了一口氣再接著說：「我認為 Julia 肯來參加婚宴就表明她喜歡你。」賽門母親不放心的說：「我以為 Julia 是陪劉美小姐前來參加婚宴的。」賽門享受著父母的關心，內心有著滿滿的幸福感，母親突然問：「賽門，祖母的珠寶盒呢？」伯爵不理解的看了賽門又看著賽門的母親，賽門低頭回答：「母親，祖母的戒指還沒有機會拿出來給 Julia。」

宴會第二天，伯爵邀請美及 Julia 去近那帕市的伯特加（Bottega）義大利餐館午餐，午餐中賽門父母將全部的注意力放在 Julia 身上，她有種被面試的不適感。午餐後，擠在世界各國酒品品嘗人士中，賽門母親提議買對街的法國甜點，浦香（Bouchon）店排了三圈的甜點愛好者，美在甜點店與義大利餐廳中遊走著，Julia 陪著伯爵坐在樹蔭下，伯爵開口了：「武律師，去過英國嗎？」Julia 溫順的說：「幾年前，保險公司開經理會議（Conference）時去過倫敦。」「喜歡嗎？」Julia 想了一下說：「我喜歡到不同的國家旅行，那次倫敦的旅行，公司會議住五星級洲際酒店（Inter-Continenial），這個五星酒店離哈洛茲百貨公司很近，走路穿過一個地下道就能到達，而哈洛茲的商品百貨，絕不亞於歐洲其他城市。」

伯爵覺得 Julia 有著極高的政治細胞，他說：「武律師，妳喜歡政治嗎？」Julia 笑了：「伯父，請叫我 Julia 就好。我喜歡軍事超過政治，父親小時候常說戰爭的故事。」伯爵說：「我稱妳 Julia，妳稱我伯父，這非常公平。請問中國總理與歐巴馬握手時是否對美國石油有興趣？」Julia 搖頭了：「伯父，中國在一九九五年的新疆附近的絲路城市卡拉美（Karamay）

早已大量開發石油，中國絕不需要美國的石油。」伯爵得到第一個答案——Julia是愛中國的。他又問：「Julia，妳對香港回歸中國有何看法？」Julia 抿了嘴說：「英國將香港推向世界有名的城市之一，是傑出的功績，但，英國撤出香港以前卻將幾億的儲蓄用光了，還借了巨款蓋機場，當然留下的債款還是由中國去還。」伯爵想 Julia 有辦法抓到英國的小辮子，不該提英國，該換個話題，畢竟自己兒子尚未開始求婚。

「Julia 妳對日本有什麼看法嗎？我是指比起世界上其他的國家，有何優點？」Julia 想了一下說：「日本有世界上最守法的公民，它的交通罰單也是世上最少的，日本公民有著巨人的精神，每當一個公民接受一份工作，不論是勞心或勞力，經常全心全意付出，不輕易半途而廢，其巨人的精神力量超過肉體的力量。」伯爵感覺到 Julia 對日本的坦護：「那妳對歐巴馬嚴厲制裁蘇俄有何意見？妳認為普丁是個怎麼樣的總統？」

Julia 感覺伯爵問題越來越嚴肅，喉嚨有些乾澀的回答：「普丁總統是一個強者，至少對俄國人而言，他父親曾是史達林的廚子，從小就遊走在皇宮中，又在年輕時愛國的參加了 KGB 訓練，蘇俄人非常愛他。」伯爵發覺 Julia 在避免談美國總統歐巴馬，又問：「Julia，美國總統制裁蘇俄，妳有何看法？」Julia 不能逃避的回答：「歐巴馬不喜歡蘇俄人搶他國的土地。」「難道歷史沒有說明，美國從不放過搶他國土地的機會？」Julia 沉默了，她不想在英國議員面前出賣美國總統，伯爵又追問：「德國正大遊行反移民示威，而歐巴馬卻大開不合法移民大門，妳的看法如何？」

Julia 尚未說話，剛加入談話的劉美叫了起來：「伯爵，我恨透了歐巴馬，他似乎有共產主義傾向，他恨透了富人，剝奪富人的財產分給窮人，他拼命給富人及中產階級加稅，他的邏輯是剝奪財富給窮人的革命更合法化……」Julia 不得不阻止劉美的激動，她切入了話題：「歐巴馬也許意識到美國有大量的移民曾給了美國極大的貢獻……」伯爵微笑了：「正如妳及劉美女士是傑出的移民，但，不合法移民真的能為美國貢獻嗎？語言、學識的不足只能搶勞工的飯碗。」Julia 不希望再談歐巴馬，她輕輕的指出：「英國一直是美國的盟友。」伯爵很快的說：「是的，英國一直是美國盟友，但不代表英國對國際局勢的看法是與美國相同，美國一直以政治掛帥，以強勢而立，而眼看中國有智慧的以經濟來推展世界局勢，而英國注意到工業及能源早已超過美國太多，英國政府絕對以百姓經濟福利為主。」

伯爵停頓了一下，劉美委屈的說：「我投資酒店七年，不停借款維修酒店，而酒店拍賣時所賺的資金全繳了稅，可惡的是歐巴馬沒關心我七年的辛苦代價。」伯爵及劉美都沉默了，「Julia，妳認為目前世上最重要的是什麼？經濟？政治？軍事？」Julia 感謝伯爵沒有對劉美放肆的行為評論一個字，伯爵是一個真正的紳士，她真誠的說：「其實全球暖化及核武的問題也滿嚴重，伊拉克、伊朗、中東，所有戰爭都是為了能源，生態破壞嚴重，人們不給地球一點喘息的時間。日本福島，因人為作業錯誤，造成冷卻機燈不亮，一停三個小時，一個錯誤使消防人員抽海水，海水百分之四十五進入了原子爐，百分之五十五進入了機器，所以人為應變能力成了大考驗。芬蘭曾打造全球首座核廢廠，如今四十一個國家使用核能，而二〇二〇年，世界人口密度將達飽和點。」

伯爵極為吃驚 Julia 豐富的知識，忍不住說：「核能是個大問題，第二次世界大戰時核能使所有的水不能喝，至少荷蘭能使核能廠封住。我們的子孫需要好好處理二氧化碳及污染問題，因為地球溫度不能再上升，若再上升百分之二，將成為海綿城市，水泥城市封死皮膚，而極端的暴雨使海綿城市的雨水吸收，熱了，海綿城市的水再出來降溫，防洪要用自然去解決自然。」劉美以為伯爵話已完，搶不及的問：「伯爵，威尼斯會淹沒嗎？我還沒去過那個城市。」伯爵點頭：「威尼斯有可能被淹沒，Julia 妳去過威尼斯嗎？」Julia 回答：「我單獨去了二次，一次是兒子初中畢業典禮，我喜歡穿梭在水城邊的羊腸小徑般的商店，尤其是威尼斯玻璃製造的手飾，它們有著藝術的手工藝，美極了，價錢只是鑽石的尾數。」Julia 的話尚未完，賽門及母親已回到了樹下，賽門母親給了 Julia 及美各一盒有色的馬可龍（Mcaroon）甜點，伯爵暗自告訴自己，一定要協助兒子將 Julia 娶回英國當媳婦，絕不能讓她成為蘇俄的媳婦。

伯爵要回英國了，Julia 邀請賽門一家人在聖市波得屋（Porthouse）晚餐，是美的姑姑建議的，她說這法國餐館的情調不會使賽門父母談一些嚴肅的問題，令人想不到的是 Julia

請姑姑做陪客，而賽門父母請來的陪客是賽門舅舅——高登醫生，兩個陪客都是醫生，高登醫生對姑姑明顯的殷勤令賽門父親覺得滑稽，由於高登酒量一向驚人，但今晚只喝了一杯香檳而已，另外高登最恨巧克力，而今晚他點的甜點是巧克力，美忍不住悄悄的告訴 Julia：「高登的大動作沒有用的，雖然 Dr. Johnson 已逝，但姑姑愛的是他，我們將會看到高登心碎。」Julia 搖頭了，她不同意美的看法，尤其當姑姑有興趣的介紹給高登一篇有關肝癌研究的 CISD2 基因論文，而高登說他細續過那篇論文。賽門父親得意的說：「所有出色的東方女人全讓我們家碰上了。」而憂心的賽門母親告訴伯爵，他們兒子西裝口袋裡的珠寶盒還沒送出去。

尼克要去聖地牙哥開會三天並邀請大可同行，Julia 阻止大可同行，尼克帶著沮喪的神情離去，並拒絕 Julia 想開車送他到機場的好意。

Julia 已邀請賽門第一次到自己家中拜訪，Julia 可以感受到大可沉默中的敵意，他說：「媽媽，妳要甩掉尼克叔叔嗎？」Julia 對於大可的敵意及用字的憤怒感到吃驚，她了解尼克已在大可生命中四年了，而四年中尼克與大可相處的時間超過自己與兒子的相處，是精神病院的工作奪去自己與兒子的相處時間，雖然 Julia 得到了金錢的報酬，但是尼克給大可的愛不是金錢可以衡量的。

Julia 小心的問：「大可，你不喜歡賽門？」大可沒有馬上回答，想了一下，說：「我喜歡尼克超過賽門。」Julia 坐在大可床邊解釋，並道歉自己經常在聖市的精神病院工作，而由尼克時常照顧他，於是尼克順理成章的成了 Julia 的男友，但是這種順理成章缺少了愛情，大可極不高興的說：「尼克叔叔非常愛您，也很愛我。」Julia 回答：「愛情是雙方面的。」大可沒有放棄：「妳並沒有拒絕尼克叔叔，妳利用了尼克叔叔。」Julia 站了起來，走出大可房間，淚默默流下了，這是兒子第一次出口傷她。

大可很少看到堅強的媽媽流眼淚，他有些慌張，衝到母親身邊跪下來說：「媽媽，我已經十六歲了，可以照顧自己，如果妳愛賽門，妳可以去英國結婚。」Julia 看著大可，心中隱隱痛著，為什麼大可認為自己會丟下他？「大可，賽門尚未求婚，他明天來我們家是友誼的拜訪，他是你父親的朋友。」談到父親，大可印象中的父親是嚴肅的，大可畏懼他，他仍記得五歲時，不小心弄髒了父親車子的窗戶，父親停車給了大可一記耳光。夾在他們中間的母親總是保護大可，讓他免於被父親揍。如今，大可很好奇賽門印象中的父親是什麼樣子？

賽門一進門看到一幅六呎高、五呎寬的威尼斯水城的油畫，落地窗純白襉式的窗簾，畫中深藍碧波及粉橘城市交融著純白落地窗簾成了另一種藝術美景，賽門看得出這房中女主人的藝術修養，落地窗外，後院風吹葉聲蕭蕭，懶洋洋的月光與游泳池射出的淡綠燈光又顯出另一種風情，最令賽門新奇的是Julia家前後院有高鐵門，另有紅磚高高的牆圍在四周，賽門在心中笑了，Julia知道如何保護自己。大可介紹著：「媽媽小時候羨慕鄰居家有高圍牆，所以，我們家的牆比鄰居高出幾吋，這是母親向市政府申請取得的。」賽門喜歡大可對母親的崇拜及親密，從踏進Julia家門口的那一剎那，賽門知道為何世間有「幸福」這兩個字，心中充滿甜蜜的感覺。

大可今晚開始有些喜歡賽門了，因為賽門告訴大可，他的父親李博士是一個博學的助理教授，所有學生都崇拜他，他為指導教授拿了一個專利，造福許多學生有獎學金可領，賽門是其中一個。這一面的父親，大可完全沒有了解過，賽門對父親的崇拜，使大可心中父親嚴厲的形象有些軟化了，當賽門答應第二天要來與大可比賽游泳時，大可將自己其中一條游泳褲借給賽門。

晉弟已來到佛倫市（Florence）第五天了，佛倫市有著義大利的精華藝術，如大衛麥琪羅（David, michelangelo）、皮雅塞．底拉．雷浦皮卡廣場（Piazza della Repubblica）還有乃地蓋博物館（Nightingate Museum），無數的古堡在基歐驕傲而細心的講解中，晉弟嘆為觀止，她曾在書中讀過、看過照片，但絕不如親身經歷它來得震憾，廖伯父忍不住的說：「義大利真有些動人的偉大建築及藝術，一般遊客到臺灣只誇獎臺灣小吃，我們沒有這些歷史文物。」晉弟提醒父親：「我們有故宮博物院。」可是晉弟想到自己兒子將出生在這個美輪美奐的藝術精華城市，是何等幸運，而且基歐又是個溫暖又智慧的父親。

第六天晚上，基歐單獨帶晉弟去外面晚餐。當基歐見到一個美國客人向侍者要冰塊加在威士忌中，他敏感的告訴晉弟，這個美國人在威士忌中加冰塊是一種罪過。晉弟每次去到基歐家小酒園，總被酒香薰得淚眼濛濛，她喜歡酒園，並醉心於基歐的解說，他說：「最好的威士忌是屬蘇格蘭的，它的原料是大麥，用大麥製成麥芽，就如做啤酒一樣，先讓麥粒成長，長出的芽有一、兩吋長，它就是麥芽，再把麥芽用泥煤燻烤，它們就會吸收泥煤的燻味，而變得很脆，然後再將麥芽加水搗碎，讓它發酵，接著再蒸餾，把燕餾出來的成品放在木桶裡儲存幾年，那就是純麥芽威士忌，味道很足。」晉弟插嘴：「如果大麥直接搗碎，不經過發芽和燻烤的階段，那麼成本是否會降低很多？」基歐摟住了晉弟：「我的小母親，妳的問題是可行的，成本是會降低，而上市時間大大的提早，因為醇化過程可以縮短幾年，那種是大麥威士忌，在舌頭上感覺味道平淡了許多。」晉弟用心算著說：「這樣價錢可以賣低些，在臺灣尚未完全風行威士忌以前，我們應試賣淡一點的威士忌。」基歐說：「有一種貝爾牌，它是一種標準威士忌，是麥芽及大麥的混合品，麥芽成分越高，它的變化越大。」

晉弟已懷孕六個月了，她來義大利是為了基歐父親要舉行個小型訂婚宴，晉弟拜見了基歐家的親戚，所有親戚都愛上了廖家的肉乾及糖果乾，廖伯父也愛上了基歐家的親戚，更愛他家的小酒園；第七天他很滿足的帶了一箱真皮的大衣及皮帶禮物回臺灣。

半夜，晉弟被電話驚醒了，基歐嚇了一跳，立刻用熱水沖了一杯茶給晉弟，他最擔心的是晉弟肚裡的孩子。電話是劉美從臺灣打來的，因美國舊金山醫院檢查出美因年紀已高，子宮受損，生產將有高度危險，美立刻坐飛機回臺灣，臺灣的婦產科醫生也有同樣的憂慮，她的產期只剩一個禮拜了。美在電話中哭了，她完全沒想到晉弟要在義大利生產，她哭求晉弟回臺灣助她生產，晉弟在電話中答應了，但基歐及他的父親完全反對晉弟回臺灣，晉弟離產期只剩三個月，親戚也出面勸阻。晉弟與基歐有了第一次的不愉快，晉弟說自己不只是劉美的好友，並且還是個醫生，醫生救人是天職，基歐強調晉弟已辭去醫生的職位，應該以一個母親的角度來保護自己的孩子。

Julia 在電話中了解到美要回臺灣生產，而晉弟與基歐又同時坐飛機回臺灣為美危險生產而準備，Julia 忍不住對著書桌上三個好友的合照流淚了。她知道晉弟的付出，劉美永遠無法償還的，而 Julia 為有晉弟這天使般的好友驕傲。

晉弟來到手術室與主治醫師張醫生洽談，她是晉弟的學妹，對晉弟極為崇拜。檢查結果，美的胎兒過重而羊水過多，出血超過五百毫克，已呈半休克，晉弟冷靜的向張醫生說立刻打開另一靜脈通道，並要求子宮按摩，因為子宮損傷嚴重，必要時，救母親為主；以開刀拿出男嬰，張醫生嚴肅的建議美開刀時要切除子宮，晉弟沒有馬上回答，她了解美是不願失去子宮的，但是，晉弟要以救人為主。美的母親不願簽字，並強調絕不讓美失去子宮，劉美的父親簽字了，他說：「廖醫生，您是劉美的好友，盡量救劉美，孩子是其次。」晉弟看到胎盤沒問題，額內動脈功能尚佳，她有信心了，她告訴晉弟父親會盡量救母子二人。六個小時之後，男孩響亮的哭聲充滿了產房，晉弟母親看著尚沒有睜眼的劉美又大聲哭了：「小美，妳不能死，妳有兒子了！」晉弟溫和的笑了：「伯母，美只是用盡所有力氣，現在正在休養，我已給了少量鎮靜劑及維他命，她不會死，但是需要大量的休息與睡眠。」

尼克有緊急要事得回蘇俄，Julia 與大可一同送尼克到機場。那晚，Julia 沒法入睡，尼克臉上的憂愁深深刺痛了 Julia 的心，他沒有再談感情的事，臨上飛機前，他寫了一個郵件給 Julia：「我的自由是一條命換來的，我沒有說愛妳，因為我沒有見過或聽過父母這樣的互動，我對愛情的嚮往如椰子般的深藏在內，直到遇見您，一旦打開，那份甜汁不只一點點出來，它在我內心如火山爆發。」郵件沒有 Julia 的名字，也沒附尼克的署名。這個震撼使 Julia 心痛了，大可告訴 Julia，尼克回蘇俄是為父母重新整修墓地，尼克給了大可一大串鑰匙，讓大可可以隨時用他的腳踏車，尼克很寶貝自己的腳踏車，也為大可買同樣牌子的腳踏車，大可經常與尼克同騎在舊金山的公園裡。Julia 看著灰色的早晨來到，可能有大雨，她擦了心痛的淚，告訴自己必須由尼克的愛中解放出來，她換了一件淡黃的羊毛衣裙，看著鏡中的自己，黃色給自己添了不少亮麗，她開車去見美的姑姑，一同去午餐。

大可初到耶魯大學，正式成為數學系大學生，Julia 陪他到了學生宿舍，同室的同學是個德州石油家的兒子，他像個演說家般的介紹他自己，Julia 欣喜兒子有新室友的挑戰，但是內心卻無法停止那種翻騰的不安——不到十七歲的大可如何自己一個人安排早餐及午晚餐？難道每天去速食店？Julia 帶了三個塑膠大盒，裝著滷肉、滷蛋及香腸，並為大可買了一個小飯鍋，要大可洗好米煮飯，飯熟了，再放香腸蓋十分鐘，並不停的為大可解釋幾大箱衣服的收納等，同室的艾力克笑了，他指著角落的一個冰箱說：「我母親為我買了冰箱，我以鮮奶及麥片當早餐，我會經常在外面吃飯，我們可一同去，另外大學中也有學生的自助餐廳。」大可轉身看著他自信的室友，解釋著：「我母親總把我當成小孩。」Julia 第一次發現大可長大了，蹲在地上整理行李中的她站了起來，誠心的對艾力克說：「我是否能請你與大可一同午餐？」艾力克馬上答應了。

三週過去了，尼克尚沒回來，Julia 打電話到加拿大，尼克姐姐以著急的語氣說：「我尚未有任何的消息，尼克應該在兩週內就回來的。」Julia 心中充斥著不安，她感到生活中有著莫名的不安與激動。

賽門在第三次到 Julia 家中時已決定求婚。在 Julia 書房桌上擺著一個日本檯燈，四分之一的牆有一幅飛躍的中文字畫，Julia 介紹那幅畫是法律系教授提的字，右上角有 Julia 的名字，Julia 溫柔的翻譯那是自己的中文名字「梅子」。好美的名字，好柔的女人，賽門忍不住單膝跪下，慢慢由西裝口袋中拿出一個深藍色絲絨緞帶的首飾盒子說：「嫁給我，親愛的 Julia。」Julia 張嘴愣住了，賽門將 Julia 摟進懷中深深的一吻，那一吻有如醇酒，濃郁得幾乎使 Julia 窒息。

Julia 將賽門由地上拉起，一起走進 Julia 的臥室，臥室中間有極大的衣櫥，衣櫥中間有一個四吋高的紅木櫃子，櫃子上有小瓶鮮花，鮮花二旁各有一張黑白照片，是一個和服秀麗的女子及軍裝馬靴的男子，Julia 用虔誠的語氣說：「我母親愛花，我後院的鮮花是為母親種的，我要母親常聞到鮮花的香氣。」賽門注視 Julia 母親的照片，鵝蛋的臉端著挺直的鼻，眼中似乎藏著淡淡的憂愁，難道那是份思鄉的憂鬱？一個東方女人對丈夫的愛是驚人而令人尊敬的。「賽門，你在想什麼？」Julia 拉著賽門袖子好奇的問，賽門看著那與母親同樣溫柔的臉。「賽門，請與我一同跪下，我需要父母的祝福。」賽門雙膝跪下了，接著聽到 Julia 細細的呢喃訴說，其中有賽門的名字，幾分鐘以後 Julia 用英文解釋：「我告訴我父母，我將自己的心交給這個跪在他們面前的男子——賽門・佛雷塞，女兒願意接受這個男子的求婚，懇請父母給女兒全然的祝福。」一陣暈眩的幸福遁入賽門的靈魂，他毫不猶豫的將戒指套上了 Julia 的手指。

劉美從臺灣打電話給 Julia，聲音中極為惱火的盼 Julia 速與姑姑見面，商談有關賣掉酒店的事，Julia 尚不知劉美的麻煩是什麼，正要問，劉美已轉而訴說自己兒子的消息，小兒子是劉美生命的全部，接著又興奮至極的說晉弟已邀請她去義大利，劉美提高聲音說著：「威尼斯，我一定要去見識這個歷史上的水之城，小梅，晉弟有邀請妳去義大利嗎？」「晉弟有邀請我去她那兒度蜜月，我已答應了。」劉美驚呼著：「天哪，我們三個人可以一起到羅馬度過四十歲的生日，有美酒、美食，加上逛世上最吸引人的商店，我要給兒子買個神氣的小西裝、媽媽的香水、爸爸的皮夾克，當然，也要給姑姑買些她喜歡的義大利商品。」

Julia 笑了，劉美已變回年輕時的劉美，快樂的劉美，臺灣的親情已治好了她的傷痛，Julia 忍不住的說：「劉美，多寄一些兒子照片給我。可否透露妳酒店的麻煩是什麼？」劉美沉默了，所有歡樂似乎瞬間消失，她慢慢的回答：「小梅，我恨美國，美國帶給我極大的痛苦，如今我遠離酒店已經七個月了，酒店的黑影還是繼續糾纏我。AT&T 這個電話公司，它霸占美國電話事業太長了，每個酒店用他們的總機電話臺，當我賣酒店時，我已付清每一筆帳單並留下售後連絡地址，寫的是我姑姑的地址，如今姑姑受到牽連，經常要與 AT&T

打交道，請快與姑姑連絡，拜託！」Julia 沒有開口以前，劉美長途電話已掛上了。

Julia 打電話給姑姑，得知姑姑收到有劉美酒店名字的 AT&T 帳單，姑姑去見了新買主，新買主給姑姑看，他們在買下時已更換了號碼。三個月過去了，帳單有幾百元的尾數，新買主與姑姑一同打電話給 AT&T，答案是這個帳單是三個月以前欠的餘款，姑姑給了信用卡為劉美付清了，接下來四個月姑姑一直收到 AT&T 的帳單，姑姑並不理會直接退回去，沒想到已經七個月過去了，AT&T 催帳公司居然每日留電話給姑姑，姑姑忍不住拆了其中兩張帳單，帳單上的號碼並沒見過，她連絡 AT&T 總公司想查詢，AT&T 公司表示帳單已給了催帳公司了，他們無法給姑姑答案，姑姑失望的說：「AT&T 是大公司，才會如此霸道，目前這二個帳單用的是劉美公司的名字，而離譜的是帳單上的地區代號不是劉美酒店的地區，而且是新的號碼。」姑姑由催帳公司得知這二個號碼是在三個月及四個月前各自成立的，但劉美及新買主均關號了，姑姑懷疑可能是壞員工冒用公司名字開的。姑姑的聲音漸漸提高，Julia 認識的姑姑從未如此激動，Julia 好奇的問姑姑催帳公司怎會有姑姑的電話？姑姑想了一下說可能是新買主給的，Julia 答應姑姑晚上去她家看帳單。Julia 開車去買了巧克力蛋糕，那是用來安慰心煩的姑姑，Julia 知道自己有二封信要寄，一封給 AT&T，另一封給新買主。

Julia 將賽門兒子 Adam 的禮物放入行李，電話響了，她希望是尼克，她要見他，告訴他自己已接受了賽門的求婚，並訂了機票。

「Julia Wu？」一個陌生男子的聲音，英文純熟，不是尼克，男子沒聽見 Julia 的回音，再一次催問：「請問妳是 Julian Wu 嗎？」「是的，我就是 Julia Wu。」「我是理想化學公司的律師，也代表 Dr. Nikoluev Ortaff（尼克・奧道夫）。」Julia 有種不祥的感覺，沒有出聲。

「武小姐，我是奧道夫博士的律師，請妳立刻安排妳的時間表，我必須儘早與妳在我的辦公室見面。」不祥的感覺震憾著 Julia 全身，難道尼克出車禍了？這種恐懼就如當初接到警察通知大可父親出車禍的消息，Julia 發抖的問：「尼克出了車禍嗎？」律師沉默了一下：「武小姐，奧道夫博士沒有出車禍，但是我必須立刻安排與妳見面，電話不方便談。」Julia 打斷律師的話：「給我你辦公室地址，我盡量在一個小時內到你辦公室。」

Julia 進入律師辦公室，只見他桌上有滿滿攤開的文件，律師將一封掛號信遞給了 Julia，Julia 看到是尼克的姐姐由加拿大寄給律師的，信上說尼克在蘇俄父母墳前自殺了，自殺前寄了那封信給加拿大的姐姐。尼克早就立了遺囑給公司的律師，Julia 整個人麻木，全身發寒，不停的問為什麼？律師說尼克的姐姐明天會來美國，但是律師必須先見 Julia，談有關尼克遺囑的法律問題，因為尼克的遺囑中有全部人壽保險三十萬美金，受益人是 Ms. Julia Wu，他的房子留給了大可，另有公司三份 J. P. Morgan（美國公司的股票），加上四〇一K退休金的受益人也全部留給 Ms. Julia Wu，Julia 一陣暈眩暈倒在律師辦公室。

當 Julia 醒過來，護士告訴 Julia 她正在化學公司的醫療室中，她坐了起來看著窗外，烏雲已遮住太陽，雖部分雲層仍綻放灼熱的白光，幾乎背叛了雲層不祥的黑色，由於烏雲下方的破綻，陽光便如血般奔洩而出，Julia凝望這遠方的陽光裂痕，時間在迸生泡沫，她想到她無瑕的童年幸福，以及來到美國的一連串奮鬥及掙扎，更想起了母親，因而想起了輪迴，每個人內心都藏著輪迴的投影？父親不信輪迴，父親與母親目前在哪兒相愛？自己呢？原本因賽門的愛激盪著從未有的幸福，如今尼克的自殺使Julia感覺到自己懸於高處，再如沙般無止境的墜落，落了地仍有壓迫感，這種黑暗的感覺是如此空虛及幻滅，難道是這種感覺造成尼克自殺？一個生前小心節省的尼克卻將全部的財富留給自己？而不是尼克的姐姐？難道是尼克有心的諷刺？他連死都沒原諒自己？Julia突然閃電般想起了大可，她從病床上起身，她要回家。

Julia到機場將尼克姐姐珊夏（Sa Saha）接回家中，珊夏腕上綁了一塊黑色的布，眼睛紅腫，珊夏與尼克姐弟情深，他們父母去世時，尼克只有十五歲，Julia以前在電腦中見到過珊夏。Julia聽她用低沉的語調訴說尼克一生的故事，尼克在莫斯科大學有個心儀的女子，當時尼克二十三歲，而女孩二十歲，他們相好的程度只限於親吻，尼克答應女孩三年後回蘇俄，賺足錢回國買房結婚。

一年後，尼克在加拿大收到女孩要嫁他人的喜訊，尼克自暴自棄的與一大使館女子燕好，但是他無法愛她，她不是一個美麗的女子，並且有丈夫，那女人為了尼克離婚，並威脅尼克的前途，尼克只好向大使館請求自費調職到美國；到了美國，尼克真正的愛上了Julia，並極為疼愛大可，但是尼克了解到Julia不可能隨他回蘇俄生活，他開始為自己在美國做了一切的努力，理想化學公司已為他拿到了美國居留權，但此時他卻發現Julia愛上了一個英國人。談到此，珊夏用極不諒解的語氣問Julia：「尼克如此愛妳，妳與他已經在一起五年了，為什麼妳不愛尼克？」Julia紅腫的眼皮無力的看著尼克的姐姐，說不出話來，兩人在哭聲中沉默著，突然Julia問珊夏：「妳什麼時候回蘇俄？」尼克姐姐說：「三天以後，由紐約去莫斯科，再坐火車到鄉下父母墳前，尼克會葬在同一地點。」

Julia寢食難安了兩天，心中有巨大的沮喪，幾乎已到不堪負荷的程度，她關了手機及家中電話，發出了兩封郵件，一封給大可，Julia沒有勇氣而自私的隱瞞尼克已逝的消息，初上大學的大可不可能承受這種悲劇，但是她在郵件中說要與尼克家人去蘇俄孝敬尼克父母的墳；大可回信極為誇獎母親的大度，並要求Julia帶回一些照片；另外，Julia給賽門的郵件只有一行——我不能去倫敦，有要事要飛去莫斯科。

第三天早上在上飛機前幾個小時，Julia與尼克的姐姐在尼克律師辦公師完成所有法律文件，Julia將人壽保險受益福利金及所有尼克省吃儉用存下的股票及基金轉給珊夏，尼克的小屋是與Julia共同掛名的，尚有大量的房款待付，Julia接收它並答應當房款付清時會將房子過戶給大可。

賽門在倫敦收了Julia的郵件以後，坐立難安，為什麼Julia要取消來倫敦的行程？父母及親友已準備了宴會接待Julia，而如今她卻荒謬的要去莫斯科？難道去與尼克家人相見？因為Julia家中電話及手機都沒人接，賽門在緊急中找到劉美姑姑的電話，劉美的姑姑只說Julia去莫斯科是公事，不是與尼克訂親。賽門緊急訂飛機回美國，見了劉醫生（美的姑姑），終於查問出真相——尼克在蘇俄自殺了，而Julia與尼克姐姐同去了蘇俄。賽門的心不斷的往下沉，沒有Julia的音訊有如世界末日到來，姑姑把賽門當成病人般的留在自己家中。

莫斯科的天氣已寒。尼克姐姐訂了一個五星級的酒店（Hyatt Moscow）一晚，Julia發現酒店價錢比日本高一倍，比美國高出幾倍。櫃檯員工英文流利，酒店內的免費享用品包括牙刷、牙膏及礦泉水，晚餐有昂貴的魚子醬（Cavia）及黑麵包，令Julia驚奇的是珊夏叫了二杯伏特加烈酒（Vodka），她對Julia笑了：「蘇俄人晚餐一定喝一杯Vodka。」她見Julia沒有回話，又加解釋：「當然，不是每一個人都喝得起，我的心情太過緊張，不得不喝兩杯。」Julia理解的也叫了一杯香檳，黑色的Vodka及亮晶晶的香檳，二個女人無言的看著CNN電臺的新聞。Julia心中的緊張已鬆懈不少，她悲傷的將黑洋裝用水漬灑著，因為酒店沒有熨斗，而尼克姐姐又將尼克黑白照片放在桌上，那簡直是一個懲罰。

火車站擠滿了旅客，幾乎百分之八十的旅客都戴著駱駝、羊毛、兔毛等各種毛帽子，珊夏給 Julia 買了一頂白兔毛的帽子，連耳朵也能蓋住，極為暖和。尼克姐姐能力驚人，一天時間連絡好牧師及棺木，而尼克十二個好友，珊夏在美國就已連絡了。到了尼克父母墳前，Julia 見到旁邊一塊墳地已挖了塊長形的洞，足夠放入尼克的棺木。牧師開始唸禱，最後將泥土撒在棺木上，Julia 控制自己的悲痛，用手絹蓋住嘴流淚，此時，有一個蒼白的尼克朋友移到 Julia 的身旁，他塞給 Julia 一張紙條，接著朋友開始宏亮大聲的唱歌，珊夏說他們唱的是軍歌，是尼克最愛的一首歌。

Julia 將紙條放進黑外套中，那蒼白朋友再次擠過來說：「一定打給我，我有尼克死亡的真正原因。」他的名字是飛朵（Fedor）。珊夏走到 Julia 身旁問：「飛朵與妳說什麼？」Julia 本想將紙條拿出，但是一轉念，只說：「他說他有尼克死亡的原因。」珊夏看著飛朵不高興的說：「這個朋友是尼克朋友中唯一單身的，妳的美麗可能吸引他想單獨見妳，別上當！」Julia 沉默了，看著珊夏有些惱怒的表情，Julia 腦中有大量的迷惑，珊夏說：「這個傢伙想談尼克死亡的原因應該通知我，妳對蘇俄不了解，他可能是 KGB。」

儀式結束了，珊夏原本在附近一家小型酒店訂了兩晚，Julia 卻對櫃檯說她想另延長三晚，珊夏說：「我們是後天半夜的班機回紐約，機票不能改日期。」Julia 婉轉的解釋：「我想請櫃檯幫我找農夫市場，也許我可以買到馬鈴薯的根。」「馬鈴薯的根？為什麼？」Julia

停了一下說：「尼克生前為了馬鈴薯進了莫斯科大學的獄中關了兩晚，我想在尼克墳地旁種些馬鈴薯給他，陪他、供他……」Julia 說著說著又哭泣了，珊夏突然感動的將手上戒指拿下來交給 Julia：「這個戒指是我與尼克一同選的，他原本打算向妳求婚，結果接了一個由莫斯科打來的緊急電話，結果戒指留在我這裡。我原本不想給妳，因為妳並不愛他，而如今我知道妳是一個令人尊敬的女士，妳拒絕全部尼克的金錢遺產，又飛來蘇俄這鄉下與我一同為他辦喪禮，我內心極為感動，所以請收下這個戒指。」

Julia 看著那顆鑽戒，想起在來蘇俄以前取下賽門戒指，內心翻騰不已，她拒絕那小鑽戒指：「珊夏，我不能拿這戒指，我沒有答應嫁給他，請妳保留它，妳是他家人，尼克是我這一生最親愛的朋友。」珊夏將戒指套回手指上，並為 Julia 打了一通電話給尼克好友夫妻，要他們為 Julia 買到農夫市場的馬鈴薯根。

小雨飄下，尼克朋友夫妻友善的為 Julia 打著一把大黑傘，Julia 跪在地上用小鏟子挖了一方圓的地洞，種子撒下了，她喃喃的說：「尼克，我答應你，明年大可會來問安，你不會寂寞的，你的朋友很多，他們都愛你。」接著，Julia 默禱著，當她站起來時，另一把黑傘遞過來，Julia 抬頭一看是飛朵，她滿臉溼潤，不知是雨水還是淚水？

劉醫師（美的姑姑）大喊賽門，她收到了 Julia 的郵件，賽門讀了內容，心情放鬆了不少。自從 Julia 到莫斯科至今已經一個禮拜，賽門一日寄一封郵件給 Julia，但她沒有回過；今日姑姑收到郵件，Julia不能今日回來，她多留在蘇俄三日，理由是種馬鈴薯，賽門發覺自己雖然深愛Julia，但這個東方女人的思想令人費解，馬鈴薯？不論如何Julia雖無法回美國，但郵件證明Julia是安全的，姑姑看著幾天沒有刮鬍子的賽門說：「今天我要強迫我的病人刮鬍子及吃一大頓晚餐！賽門，你喝了咖啡三天，只吃了幾片麵包，太沒有營養了。」

賽門笑了，那個笑容姑姑看過，是在小梅車禍時，他坐在病房外一整夜的臉，紅著的眼睛，姑姑想愛情不是全部都是蜜糖，賽門對Julia的愛一再受苦難及挑戰，而如今，姑姑甚至不知道小梅是否會嫁給賽門。姑姑比賽門更心焦，賽門是一個深情的男人，他的愛不只使姑姑感動，也使姑姑心碎。賽門默默吃完一整碗牛肉麵，再三天，對了，再等三天，Julia就會回到美國，只要能見到那溫柔美好的臉，嫁不嫁自己已不再重要了。

坐旅館大廳，Julia看著尼克這個蒼白的朋友飛朵，他的手指發抖，由一個大咖啡色的信封中抽出一張照片遞給了Julia，那是一張年輕的尼克穿著軍裝的照片，帥極了，飛朵說：「這是尼克去加拿大以前的樣子，超過十年了。」飛朵又拿著第二張照片，是年輕的尼克及飛朵二人的合照，Julia忍不住笑了：「飛朵，你曾是個小胖子？」飛朵也笑了：「少年時虛胖不是福氣。」Julia看著照片，黑白照片背後是廚房的設備，「Julia，這是我倆被捕的那一晚，尼克偷吃了三個馬鈴薯，我只吃了兩個。」說完，飛朵又流淚了：「尼克是我的好朋友，遺憾的是我們二人都太優秀了，他是超級物理學家，我是超級的化學家，蘇俄祖國認為我們的頭腦是屬於國家的。他去了加拿大，我祝福他；我沒出國更慘，在國內工作，心情及理想都很沮喪，還好每隔兩年尼克會由國外回來向組織會報並與我相聚。」Julia 終於了解為何尼克總是隔幾年就失蹤二週。

飛朵突然沉默了，Julia 看著他蒼白的嘴唇，不由開始緊張起來，她沒有催飛朵告訴自己尼克自殺的原因，她默默等待著，飛朵說：「雖然我的工作使我無法正常結婚生子，但是我還是非常愛我的國家，如果沒有人犧牲，國家是不會進步的。」Julia 完全同意，飛朵是蘇俄的驕傲，美國最大的弱點是移民的大熔爐無法燃燒出真正愛國的靈魂，雖然一些小市民掛上美國國旗在家門口。軍士家屬對於傷亡總有國家欠他們般的心情，沒有了解到「養兵千日，用在一時」的想法，年輕人沒有愛國情操的根基。

Julia 忍不住問飛朵：「我不了解，你與尼克二人去莫斯科大學修學位，為何尼克會捲入政治，甚至軍事的深淵？」飛朵說：「莫斯科大學的學生一週有一整天的軍訓課程，我們有軍服，也許我及尼克二人的軍訓成績優秀，畢業時，我們一個入了兵工廠，另一個入了重機廠，工廠中優秀者就分到軍隊軍職。」飛朵停了一分鐘，用幾乎極大的勇氣說：「Julia，如果我告訴妳尼克死亡的真相，我就背叛了我的祖國，我將對不起祖國。」停頓了一會兒又說：「如果，如果我不告訴你真相，我對不起我的好友尼克。」

Julia 更緊張的等待著，飛朵站了起來，眼角掃向酒店大廳，似乎有人暗中偷聽他們的談話：飛朵走到大廳側門，Julia 跟著他，他推開了門，在門外，飛朵感情釋放了，淚流滿面：「Julia，尼克已知道妳有英國人追求，但他並沒有放棄，他認為他再回美國太值得了。尼克對組織的任務尚未完成，尚欠了組織一筆錢，尼克正向組織商量要還清這筆款項。我最後一次與他會面時，他眼中滿是憧憬的回到美國，他說就算妳嫁到了英國，他在美國有自己的房子，他可以與你兒子住在美國。可是尼克最後還是沒有通過組織的許可。」

飛朵說著說著，整個人蹲了下去，痛哭失聲，Julia 心中有撕裂般的痛，淚流下。飛朵站了起來，小雪落到了他的鼻頭，飛朵由黑棉衣夾克中取出一個小信封說：「尼克在我宿舍寫了一封信給他姐姐，要她與律師連絡，那封信我出差時寄給他姐姐，信的內容沒有提到他的自殺，只暗示到組織協商有困難，當組織告訴我尼克遺體地點時，我知道尼克已為祖國犧牲了，是我通知他姐姐及美國的律師。Julia，我真希望妳能將尼克看成一個烈士，而不是一個自殺的弱者。」Julia 看著地上的雪顯得更淒涼，空氣中沒有陽光的暖氣，兩人在細雪中沉默著。

「Julia，這信封裡有尼克回美國的機票，妳是尼克心愛的女人，妳如此善良的來蘇俄為尼克奔喪，令我極為感動。那棵馬鈴薯我會照顧好，我不希望妳下輩子活在對尼克的愧疚中，妳沒有害尼克，是妳啟發了尼克的愛及嚮往美國的勇氣，尤其是妳兒子對他的愛，使他嘗到家庭的歡樂，雖然只有短暫的幾年，他已經呼吸到自由的空氣。」Julia 在淚水中看著飛朵那蒼白的臉在小雪與陽光中交織著英雄般的燦爛。

姑姑對賽門幾天來的患得患失感到心疼，賽門問姑姑：「尼克的自殺會造成 Julia 何種心理負擔？」姑姑沒有回答，這是個難解的問題。「劉醫生，請告訴我，Julia 嫁給我的百分比有多少？」姑姑還是沉默，以姑姑對小梅了解，她的情深意重將會糾纏自己一生不再嫁，可是姑姑無法向賽門吐露自己的想法。

冬天的下午，賽門手冒著熱汗，舊金山國際機場擠滿了來接親友的群眾，賽門買了新鮮的花放在家中，穿了一件黃毛衣也是 Julia 喜歡的顏色，姑姑又搖頭了，賽門無奈的換了件白襯衫、黑外套。人群由海關處魚貫走出，突然，一個有著深褐色長秀髮的人影出現了，秀髮披在那線條優美的肩上，是 Julia，真的是 Julia。Julia 一眼看見了那夢中的臉擠在人群中，碩長的身材，如此出色，是賽門。他們不停互望，如此渴望交集著，賽門真想先開口，卻啞言，Julia 那疲倦的臉突然向他嫣然一笑，對了，那就是賽門第一次見到她時那神祕的微笑，就如梵谷的畫，含有向日葵般的生動與豔麗。

說，故事（53）

葡萄成熟時

建議售價・280元

國家圖書館出版品預行編目資料

葡萄成熟時／郝薇著. --初版.—臺中市：白象文化，民104.11
面： 公分.——（說，故事；53）
ISBN 978-986-358-208-3（平裝）

857.7 104012241

作　　者：郝薇
校　　對：郝薇、吳適意
專案主編：吳適意
特約排版：陳秋蓉
封面設計：黃英婷
出版經紀：徐錦淳、黃麗穎、林榮威、吳適意、林孟侃、陳逸儒
設計創意：張禮南、何佳諠
經銷推廣：何思頓、莊博亞、劉育姍、王堉瑞
行銷企劃：張輝潭、劉承薇、莊淑靜、林金郎、蔡晴如
營運管理：黃姿虹、李莉吟、曾千熏
發 行 人：張輝潭
出版發行：白象文化事業有限公司
402台中市南區美村路二段392號
出版、購書專線：（04）2265-2939
傳真：（04）2265-1171
印　　刷：基盛印刷工場
版　　次：2015年（民104）十一月初版一刷

※ 本書英文版可於 Amazon 訂購。

設計編印

白象文化｜印書小鋪

網　　址：www.ElephantWhite.com.tw
電　　郵：press.store@msa.hinet.net